AF561631

Auguste DÉJEAN.

Du « vrai » sur cet ouvrage, au mieux j'ai condensé,
Ecrit comme j'ai su; mais Tel que j'ai pensé.
Et, Pégase exalté, fumant de ses naseaux,
Ne saurait à mes vers tolérer les ciseaux.

VÉRITÉS ?

RECUEIL DE POÈMES ET DE PENSÉES

SAINT-GIRONS
IMPRIMERIE VERGÉ-DOUMENC

1927

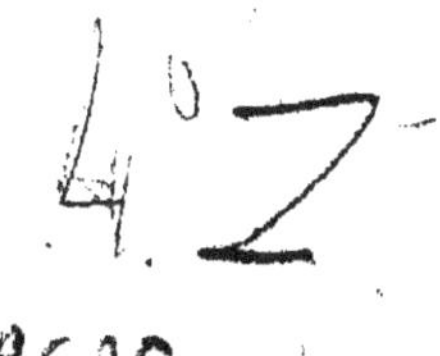

AVANT-PROPOS

Paupertas, impulit audax
La pauvreté qui a toutes les audaces, me poussa
ut versus, facerem,
à faire des vers.

HORACE.

La Vérité doit être, il le faut, respectable !!!
J'ai bien gardé prétendre être assis à sa table.
Et qui peut se flatter d'avoir atteint son pôle ?
Lors, pourquoi moi tout seul, l'aurais-je en monopole ...?
Cependant nul ne peut empêcher que ma voix
Par ma plume en des vers chante ce qui se voit.
Qu'on ne soit pas surpris si au cours de ce Livre,
De mon cœur un poids lourd en rimes je délivre.

Ai-je écrit faussement ou bien des « Vérités... ? »
Mais, « j'ai écrit » surtout pour les « Déshérités ».

Auguste DÉJEAN.

A Jean des Gaules [1]

Bien amicalement.

> Et s'il n'en reste qu'un, je serais celui-là !
>
> Victor Hugo.

> Aimes-tu la vie ? Alors, ne gâche pas le temps qui est l'étoffe dont elle est faite.
>
> Benj. Franklin.

Je ne suis qu'un profane ; alors que Jean des Gaules
Veuille excuser mes vers bien lourds pour mes épaules.
Étant un provincial, roulier de nos beaux champs,
Je me suis inspiré au clavier de ses chants.
Dès lors, comment pouvoir d'une plume pressée
Rimer des vers parfaits « déformant » ma pensée....?

J'ai donc monté la gamme armé d'un fouet vengeur
Frappant, à tour de bras, l'infâme « Profiteur ».

Que d'autres mieux que moi poursuivent la besogne,
Et si au « Profiteur » mon fouet l'agace et...cogne
[la Gascogne]
J'aurai de nos « chers Morts » commencé la vengeance,
Des « Poilus » survivants rappelé la souffrance,
Dénoncé, des voleurs « repus, » l'indifférence
Et tracé le sillon pour « assainir » la France.

J'ai sonné l'Hallali contre les « Profiteurs »
Soyons tous sans pitié contre ces « Malfaiteurs ».
Pour eux ! point de pardon ! frappons-les sans relâche,
Que chaque bon Français en poursuive la tâche.
Notre Patrie exsangue agonise et périt
Seul ! l'Or des Profiteurs renflouera son Crédit.

Ne cherchons pas ailleurs ; trop d'impôts c'est un Crime
Qui précipitera le pays dans l'abîme
C'est ce qu'il adviendra si nos Législateurs
« S'obstinent » à ne pas frapper les « Profiteurs ».

Que la Muse me traite avec sévérité,
Mais je ne pouvais pas trahir la « Vérité ».
J'accepte, de grand cœur, votre aimable leçon,
Et surtout quand c'est fait « de si belle façon ».

Saint-Girons, septembre 1925.

Auguste DÉJEAN.

---

(1) Réponse à « Jean des Gaules », pour sa bibliographie sur *Les Indésirables*, pièce dramatique en vers.

VÉRITÉ

Regarder en haut, apprendre au-delà,
chercher à s'élever toujours.
PASTEUR.

Appliquez-vous toujours en construisant des vers,
A les bâtir d'aplomb, mais jamais de travers,
Car, de vouloir trop bien brosser du rhétorique
Et rigoureusement écrire du classique,
Vous risquez d'enfourcher un Pégase têtu
Qui veut être — il le doit — de vérité vêtu.

Si la Muse aime fort qu'on la pare de fleurs,
Elle adore, avant tout, les plus vives couleurs
Des fleurs au parfum sain, faisant vibrer notre âme
Parfum de vérité, divin, muet cinname.

Seule ! la vérité ! trouve auprès de la Muse
Un accueil bienveillant de charme qui l'amuse.

Pour la Muse qu'importe ! un pied, myriapode,
Un cul-de-jatte « hémis-tiche » ne font pas code.
Elle excuse toujours et pardonne de même
Tout poète qui dit la « Vérité » qu'il aime.

Chanter la Vérité ! n'est-ce pas tâche sainte?
Seule ! la Vérité doit enjamber l'enceinte —
— Du Palais où le rêve enfante le poète.
Et, telle une colombe ou la blanche mouette,
Elle doit s'élancer d'un vol audacieux
En planant sur les mers, la terre, ou vers les cieux.
....

Vérité ! Vérité ! ah ! toujours vérité ! ! !
Chantez-la fort et haut... Criez la Vérité.
Dûssiez-vous succomber poursuivi par la Haine,
Toujours la Vérité vaincra par trace saine.
Et si vous ne cueillez de l'or plein l'escarcelle,
Le bien semé par vous est richesse plus belle.

Qu'importent les Honneurs d'une fausse louange
En réclame trompeuse et souvent pour la fange,
Car, chaque mot gravé par votre encre qui tombe
Est poison persistant par delà votre tombe.

Un poème n'est beau que pris dans la Nature,
Dans notre vie à tous; sans surcharge ou rature.
Ne rimez donc jamais qu'en prenant pour exemple
La vie autour de vous. Glanez bien dans ce Temple,
C'est celui que la Muse aime et qu'elle préfère
Ce quartier général, jamais elle transfère.
Elle adore son nid divin dans ce domaine,
Car de ce vaste empire elle est la souveraine.

Poètes ! prenez gardé, en voulant bien rimer
La sainte vérité, parfois de déformer.
« A tout vers bien paré, s'il est faux comme un songe,
Mieux vaut un vers boiteux s'il détruit le mensonge ».

N'abusez pas, pourtant, de l'avis que je donne,
Un « lapsus » fugitif la Muse le pardonne.
Mais, si vous en glissiez un peu trop, c'est un crime
De « lèse-poésie-e ». Lors, soignez pieds et rime.
On peut tout allier, beaux vers et « vérité »,
Avec un peu d'efforts, savoir et volonté.

Si poète parfait, vous désirez « bien l'être ? »
Apprenez à rimer à l'école d'un Maître...
Vous serez tout surpris d'un progrès sûr, rapide...
Et pourrez vous lancer bientôt seul et sans guide.

Poète, on ne saurait devenir qu'avec l'âge,
Les Muses aiment bien l'expérience sage,
A moins que tout imberbe ayez déjà souffert,
Ou pleuré sur les Maux dont la Terre est l'Enfer.

HYPOCRISIE

> Pardonner sincèrement et de bonne foi, pardonner sans réserve, voilà la plus dure épreuve de la charité.
>
> BOURDALOUE.

D'où venez-vous ainsi ? Vous avez l'air soucieux,
Me dit, en m'accostant, un voisin malicieux.
D'où je viens...? répondis-je. Ah ! vrai, je vous admire,
Vous me clignez de l'œil d'un air « pince-sans-rire »,
Ne comprenez-vous pas, en voyant ma pâleur,
Que je suis absorbé, tenaillé de malheur !

Et alors, mon voisin, pour s'excuser, s'empresse
A mettre sur ses mots fielleux une compresse.
Oh ! je n'ai pas voulu, me dit-il, vous blesser,
Pour rien au monde, hélas ! ne voudrais vous froisser.
Eh ! quoi de surprenant ! quand on voit, dans la rue,
Un ami ! très pressé, à la marche tendue,
De supposer qu'il porte empreint sur sa figure,
Sous un teint « aciré » du bonheur la nature.
Dès lors, mon cher ami ! si j'ai fait fausse route,
Veuillez me pardonner et l'erreur et... le doute.

Et, tout en concluant, le voisin me tendit
Ses mains que « mollement » je serrais, interdit.

Car, n'est-ce pas ainsi, toujours, que l'hypocrite
Quand il se voit perdu, se vend, se perd, s'effrite.
Se croyant deviné ou se sentant trahi,
Il sert à l'auditeur perplexe et ébahi :
Le coup que l'hypocrite a toujours dans « son sac »,
Le geste qu'au vulgaire, on nomme « à l'estomac ».

MON MAITRE

C'est la seule tiédeur de notre volonté qui fait notre faiblesse ; et l'on est toujours fort pour faire ce qu'on veut fortement.

J.-J. ROUSSEAU.

Il s'est, un beau matin, trouvé sur le pavé,
Tout désorienté, tout à fait « décavé ».

Le patron qu'il avait « autrefois « pot de terre »,
Un ancien « purotin », nouveau riche de guerre,
Aujourd'hui « pot de fer » plein d'orgueil et de fiel,
Qui se croit Dieu ! régnant sur la Terre et le Ciel,
Tel un « Gessler » jadis, faudrait le saluer,
Ou tel un Dieu d'Olympe il faudrait l'adorer.

Lors par certain matin, après une dispute
Qui faillit de bien peu dégénérer en lutte,
Ce piètre « tyranneau », épouvantail d'amis
Qui ne doute de rien, qui se croit tout permis,
Le chassa de chez lui d'un geste et verbe sec
Ingrat ! éclata-t-il. Allez, ouste, « Balec ! »

Comment, répliqua l'autre. Est-ce une ingratitude
De ne pas se courber en plate servitude ?
Vous ne m'avez, jamais, rien donné que je sache !
Jamais de mon Devoir je n'ai trahi la tâche,
Et si vous me payiez c'était pour vous servir
Avec Honneur ! sans plus ! Mais non pour devenir
Un homme qui se vend, un objet qu'on achète
Comme dans une foire on fait pour une bête.
. . . .
L'Honneur ne se vend pas. Le mien moins que tout autre.
Cette richesse-là, je préfère à la vôtre.

Sachez bien, vil Monsieur, que malgré ma misère,
Je tiens à conserver ma tête haute et fière.
Je préfère subir votre haine et courroux,
Ne manger que pain sec, soupe maigre de choux
Et même s'il fallait me serrer la ceinture
Plutôt que d'encourir d'un méfait la nature,
Je vous dois mon travail pour prix de mon salaire
Sans autre. Mais me vendre... ? Oh ! c'est une autre affaire.
Je suis libre ; et je tiens à garder ce trésor,
Ensuite mon Honneur préférable à votre or.

Et s'il en est chez vous qui ont courbé le dos
Après avoir reçu à ronger un « bel os »

Notez vil « Profiteur » à ne pas méconnaître
Que je n'ai jamais eu ni voulu aucun Maître
Sauf un. Il vaut bien plus que votre vanité.
Et ce Maître... ? C'est Moi ! blindé de dignité.

MON AMI

> Faites le bien pour lui-même, sans aucun motif d'intérêt personnel.
>
> CONFUCIUS.

Certain jour, j'ai voulu, après un grand déboire,
Compter tous mes amis, un à un de mémoire.
Quand je croyais fini, j'en percevais encore
Du matin jusqu'au soir ; du soir jusqu'à l'aurore.

J'en découvrais toujours. Mais toujours, tellement !
Tant... ! que j'en oubliais ceux du commencement.
Dès lors, je décidais d'en faire un bon triage
Je les inscrivis tous sur une longue page.

Cela fait, de chacun j'étudiai sa valeur.
Celui-là était fât, celui-ci un voleur,
Un autre était sournois, mon voisin un Jésuite.
Enfin pour chaque ami, ce fût ainsi de suite.

De tous je concluai, qu'il me valait bien mieux
Espérer en « Moi Seul » que de compter sur « Eux »
Car près de quelques-uns que j'avais vus la veille
Hélas ! ce fut pour moi « déception sans pareille ».

L'un était sans argent
Puis l'autre était absent.
Enfin ! chez un chacun
J'eûs l'air d'un importun.

Ah ! je compris alors de quelle classe et sorte
Etait fait chaque ami qui frappait à ma porte.
Amis ! tant que la bourse est pleine, et... large ouverte,
Mais quand elle est à sec... ? Des amis, c'est la perte.

Lors, je fis le triage
Mais cependant très sage.

Malgré tout je voulus
Quelques-uns en laisser.
Mais quand je les relus
Je dûs les délaisser.

Alors, de guerre lasse,
Je pris la décision
De détruire la trace
De tous sans rémission.

Pardon ! pour tous... que dis-je ! Oh ! j'arrêtai ma plume
Qui s'immobilisa sur un ami posthume.

Ami...? oui, un ami ! c'en est un véritable.
Mais un de ces amis ! qui partage ma table.
Ou bien si l'on veut bien, je m'installe à la sienne
Qu'importe pour nous deux, qu'elle soit sienne ou mienne.

Et cet ami sincère avec lequel j'habite,
Cet ami, ce trésor, qui jamais ne me quitte,
Cet ami que j'écoute en esclave d'un Maître
Je vais vous le nommer, vous le faire connaître.

Oh ! c'est un grand ami ! très vieille connaissance ;
Je le connus jadis, le jour de ma naissance
Et depuis sans relâche et semblable à mon ombre,
Il reste auprès de moi fondu dans ma pénombre.

Eh bien ! cet ami sûr que j'adore et qui m'aime
Devinez-vous qui c'est...? cet ami !
« C'est Moi-même ».

L'AMOUR

L'amour est une fleur du jardin de Cythère,
Son suc crée un parfum d'énigme et de mystère.
Casse-tête chinois... énigme indéchiffrable
Qui serait pour le Sphinx, lui-même, impénétrable.

C'est un Etre têtu... un oiseau fort volage
Qu'il est très malaisé maintenir dans sa cage.
Athlète aimant la lutte; en pleine liberté
Il se glisse partout avec avidité.

Chassez-le... Peu lui chaut ! Etant audacieux,
Il reviendra toujours, plus fort...victorieux !
Il est souvent méchant, sous son aspect calin
Et sa force, jamais nul ne la connaîtra.
Son pouvoir est si grand, si profond, si malin
Qu'Eve trompant Adam, jadis le perpétra.

Dès lors, depuis ce jour, la pauvre Humanité
Souffre du grand péché « lèse-Divinité »
Et ce péché mystique est éternellement
Pour nous des désirs fous...mais toujours un tourment.

Il est l'âme de Tout...le vrai sein maternel,
Sans « Lui » Tout serait Nuit... le Néant éternel.

PETIT ENFANT

> Le souvenir, c'est l'atmosphère embaumée
> du cœur où l'on garde présents ceux qu'on aime.
> LAMARTINE.

Petit enfant lorsque ma tendre mère
Me reprochait mes fautes de bébé
Je lui jurais : « Maman, c'est la dernière ».
Lors, son courroux était bien « tôt » tombé.
De ces serments l'on parjure à tout âge
Et je pleurais, lorsque, d'un air confus
Je mendiais lui tendant mon visage :
Mère, un baiser, je n'y reviendrai plus.

Petit enfant, quand j'allais à l'école,
Où j'écoutais parfois, indifférent
Un Maître qui, de sa douce parole
Façonnait mon cerveau bien ignorant.
J'étais petit — ah ! je ne songeais guère
Qu'en vieillissant j'aurais à regretter
Du Maître ses leçons — Et de ma mère
Ses reproches, et surtout « son baiser ».

Hélas ! beau temps, ô rêve de l'enfance !
Tu t'es fondu et mon âme meurtrie
Porte ton deuil, ô fleur de l'innocence !
Je t'ai perdu, à jamais pour la vie... !
Petit enfant, souvenir enfantin
Plus je vieillis, plus tu n'es qu'un vain rêve,
Je te voudrais encore, ô paradis lointain !
Et combien je te pleure en mon cœur qui s'achève.

Heureux petit enfant ! loin de toute souffrance
Les soucis de la vie et la Haine des « Grands ».
Car mon bonheur d'alors, était fait d'ignorance
Et surtout d'un Trésor qui n'est plus : Mes Parents.

Hélas de ce Trésor tant méconnu jadis,
Petit enfant ingrat : C'était le Paradis.

MON AQUARIUM

Un gamin travaillant dans un café voisin,
Joyeux et souriant m'apporta, un matin,
Dans un bol rempli d'eau, quatre petits poissons
Que j'acceptai ravi, car ils sont si mignons.

Dans un aquarium que j'avais par hasard
Depuis longtemps déjà rangé dans un placard,
Je les mis sans tarder, puis, d'un geste rapide,
Je les inondai d'eau très fraiche et bien limpide.

Ah ! si vous aviez vu le bonheur que ma douche
Paraissait leur donner ; il fallait voir leur bouche
S'ouvrir et avaler avec avidité
L'eau qui leur apportait la vie et la santé.

. . . .

Aussi chaque matin, je jette l'eau impure
Que j'échange avec soin par une autre très pure.
Puis j'émiette dedans, par morceaux, un biscuit
Qu'ils happent vivement, frétillants d'appétit.

Ah ! si vous les voyiez nager dans leur baignoire,
Tourner, monter, plonger à grands coups de nageoire
De leurs yeux pétillants le bonheur se conçoit
Dans mon aquarium, ils sont comme des rois.

Depuis que je les ai, chaque jour, je contemple,
Tel un prêtre des dieux à genoux dans son temple,
Mes chers petits poissons ; et il est fort certain
S'ils venaient à mourir, j'en aurais du chagrin.

LA VIE

et ses Saisons

Et tu n'es que poussière...!

La Vie est une lutte, un voyage rapide,
Où tout est vanité, méchanceté stupide.

O superbe jeunesse !
O radieux vingt ans !
Ah ! la belle richesse,
Qui s'appelle « Printemps; »
« L'Eté » à quarante ans;
A soixante « l'Automne ; »
Quatre-vingt, c'est des ans
« L'Hiver » saison d'aumône.

Et après...? ce n'est plus qu'un Zénith de tourments;
Enfin ! plus que vapeurs de puants excréments.

Et puisqu'on est ainsi en naissant des « Mortels »
Nous devrions être moins envieux et cruels.

AJOB

O vague électron d'Homme ! O Mortels ! Tristes hommes !
Pourquoi, oui ! tant d'orgueil et tant de vanité ?
Ne savons-nous donc pas qu'après tout nous ne sommes
Qu'un « misérable rien » dans notre Humanité.

Egoïstes, ingrats, hypocrites, méchants,
Faussaires ou escrocs, ou bien des assassins,
Le vice est roi, partout, dans l'orgie et les chants,
Pour jouir, s'il le faut, se gorger de larcins.

Pour vivre bien sur Terre, il faut être rapace,
Surtout voler en « Gros », faire fi ! du « détail ».
Au Gros on le respecte, au Petit on le casse,
Car l'un est toujours « Maître » et l'autre du « bétail ».

Qui voit-on à l'Eglise humblement recueillis ?
Priant comme des saints si on les ignorait :
Vice et méchanceté, « Profiteurs » et faillis.
Si Jésus était là, on le dévorerait.

Car tous ces « faux dévots qu'on absout volontiers,
Sont les plus importants soutiens des bénitiers.

Pendant qu'à ces païens, ô Dieu ! tu les bénis,
Aux faibles mécréants gémissant sous leurs peines,
Et qui t'aiment, pourtant, ô Dieu ! tu les punis.
Pourquoi aux uns tant d'or, aux autres tant de chaînes ?

Cependant, parmi tout ce troupeau d'infidèles,
Il en est, oh ! bien peu ! de « pauvres » vrais croyants,
Le « rare » bon Pasteur préfère ces fidèles,
Tandis que les « Mauvais » adorent les « Payants ».

La trahison, le crime,
Infamie et misère,
Ces horreurs, cet abime !
Que font-ils sur la Terre ?

O Dieu ! Toi qui pétris, façonnas notre monde,
Est-ce toi le coupable ? ou bien ton œuvre : l'homme ?
Si c'est Dieu... pourquoi donc tant de malheur immonde,
Et pourquoi voulut-Il qu'Adam mange la pomme ?

Si tu es absolu... Grand Maître qui sait Tout,
Si tu lis dans les cœurs le plus petit péché,
Si tu es « Tout-Puissant » avec l'Esprit partout...
Et si rien ne t'échappe ou puisse être caché...

Si enfin! il est vrai que tu es infaillible,
Ne pouvais-tu prévoir que l'homme « faiblirait »,
Et le Mal que Tu fis, sauf que mente la Bible,
La beauté de ton « œuvre », à néant réduirait.

Pour ne pas s'insurger contre un Mal qui vous ronge,
Il faudrait être « Job », un sur-homme ou encor
Etre insensible à « Tout », l'accepter comme un songe,
Adorer la misère à l'égale de l'or.

Si Dieu existe ou bien qu'il soit une imposture,
Qu'Il soit Dieu, Jéhovah, une sainte Madone,
Qu'il soit de nous l'image, ou bien de la Nature,
Il est sourd et muet; mais Il frappe ou pardonne.

Puisque Dieu m'a donné un cœur, des yeux, une âme!
Un cerveau pour penser, devais-je les trahir?
Et si encore, ô Dieu! tu m'as donné la femme,
Devais-je ce « Grand Tout » renier ou bénir?

Pour tant que ma raison envers ton nom s'insurge,
Et que ma voix s'élève en blasphème vers Toi...
Pardonne à la rancœur du « Mouton de Panurge »
Qu'en le frappant trop fort, tu ébranles la Foi!

Que ma révolte, hélas! bien faible sert à rien..
A l'esclave courbé ou rampant comme un chien,
Que le « Maître » a frappé d'une main trop sévère,
O Dieu! Tu m'as vaincu et dompté ma colère,

Et d'avoir trop souffert dans mon cœur, par mes yeux...
Lorsque je m'éteindrai, ma pensée étant morte
D'avoir « douté de Vous », ô Roi caché des Cieux!
« Me refuserez-vous de m'ouvrir votre Porte? »

Le Venin de la Paix

> Le meilleur gouvernement, c'est celui qui nous apprend à nous gouverner nous-mêmes.
>
> GŒTHE.

La guerre est un fléau, un monstre, un affreux crime,
L'assassinat légal ? un effrayant abîme !
Où toujours nous entraîne un puissant malfaiteur :
« Le Venin de la Paix », il a nom « Profiteur ».

Enfin ! pour découvrir le coupable au plus vite,
Cherchez toujours celui dont le crime profite.
Qu'il soit sur terre ou mer, ou dans les airs reclus
Détruisez ce « venin » pour qu'il ne morde plus,
C'est une « Vérité » radicale et magique,
Pour que règne la Paix... Une Paix authentique.

Notre vie appartient au Grand Maître des Cieux,
Lors, nul n'a aucun droit sur ce « Bien » si précieux,
Dieu seul en est gérant ainsi que Créateur,
Or, tuer son prochain ? c'est « voler le Seigneur ».

Mais tuer le « venin », même s'il est un homme,
Cela Dieu le permet. Ne dit-il pas à Eve ?
« Si le maudit serpent t'a fait manger la pomme,
Tu lui écraseras la tête et qu'il en « crève ».

HÉROS DE GUERRE

(P. C. D. F.)

Lutte bravement contre le mal; s'il ne t'arrache rien de force ou de surprise, tu donnes un noble exemple aux hommes.

SÉNÈQUE.

O Puissants ! O tyrans ! O vous Grands de la Terre !
Qui régnez par le mal déchaîné en fureur,
Vous êtes des chacals, des carnassiers de guerre,
Des vampires humains trônant par la terreur.

Vous vous noyez de vins, vous... moquez de la France
O Loups ! Vous vous grisez ivres-morts dans l'orgie,
Par banquets et discours vous faites la bombance,
Ah ! luttez, fiers héros ! Mourez pour... leur Patrie.

Et n'est-ce pas là-bas sur le champ de bataille,
Où le ciel déchiré des râles des mourants
Que tombent par milliers fauchés par la mitraille,
Des Hommes, des Martyrs, des Frères, des Enfants...!

Car ce n'est pas, hélas ! celui qui veut la guerre
Pour défendre ses biens qui la fait ; mais toujours,
C'est celui qui n'a rien qui « vole » à la Frontière
Défendre ou conquérir de l'or pour des « Vautours ».

Et quand tout est fini, quand tout couverts de « Gloire »
Certains en béquillant d'autres moitié « crevés »
Retournent au foyer dans des chants de victoire
Ils ne sont que : mépris de « Profiteurs » gavés.

Des « Profiteurs...? » mieux dit « Assassins » et encore,
Assassins ! qu'on salue, ou baise ou qu'on décore
Cependant que pour Toi ! ô Pauvre « Chien » De France,
Si tu fus un Héros ! reste avec ta souffrance.

. . . .

Et vous ! ô nos grands Morts ! ô vénérés Grands Saints !
O vous ! dont la « victoire » a couronné vos têtes
De croix en bois ou de *« tranchées de baionnettes »*,
O vous tous ! immolés par de « vils assassins ».
Dormez ! et que la terre à tous vous soit légère
« Terre » de la Patrie ou bien « terre » étrangère...
Légendaires Poilus ! ô vous tous, Grands Martyrs !
S'il est vrai que votre âme y voit... ? Quels repentirs...!

Retour des Cloches

Il n'y a pas d'hommes qui fassent plus de mal au genre humain que ceux qui vivent autrement qu'ils n'enseignent à vivre.

SÉNÈQUE.

Sonnez, cloches, sonnez! que dans l'air retentisse
Votre divine voix, aux accents vifs d'airain.
« Christ est ressuscité, sonnez, que tout frémisse
De bonheur, et chantez l'Alléluia divin.

Secouez la torpeur des bergers qui sommeillent,
Qui se laissent bercer par des rêves bien doux.
Ces « bergers » que le « Maître » avait chargés qu'ils veillent
Au troupeau « sans bergers » dévoré par des « loups ».

Rappelez-leur surtout les paroles divines
De Jésus, fils de l'homme, avant qu'il n'expirât.
Mission, que le Grand Roi, tout couronné d'épines,
Leur confia jadis « Aimer sans apparât ».

Rappelez-leur encor, que le rôle du Prêtre
Est de toute noblesse et de grande Beauté,
Qu'ils veuillent s'inspirer dans l'exemple du « Maitre »
Qui, du lépreux, lava le corps empuanté.

Rappelez aux Richards, qui auront sur la Terre
Prélevé sur leur Or la part du malheureux,
Qu'ils seront remboursés plus tard par Dieu le Père
Au Jugement dernier qui sonnera aux cieux.

Sonnez, cloches tournez de sur votre bâtisse,
Carillonnez bien haut, chantez « Alléluia ».
Sonnez toujours bien fort, que l'Univers frémisse,
Et fêtez le retour du Dieu du Golgotha.

Chantez! cloches, grondez de joyeux carillons,
Que des accents divins sortent de vos bourdons,
Chantez « Alléluia » Christ est ressuscité
Sonnez, cloches, sonnez! chantez « Fraternité ».

NOËL

Quel plaisir, que celui de donner...! Il n'y aurait pas de riches s'ils étaient capables de le sentir.
(PROVERBE CHINOIS.)

Ioël ! Noël ! Noël! Peuple, prépare-toi.
Que partout on le fête, on l'honore et respecte,
Car de chacun Il est un rappel à la Foi
De « Celui qui d'amour, fut un grand architecte.

Jésus ! fils de l'homme... Adorable ciboire !
Toi ! qui aimas tant, d'amour inépuisable,
Source ! où chaque pauvre altéré venait boire,
Toi ! qui « Cravachâs » le riche méprisable.

Noël ! Noël ! Noël ! ô symbôle éclatant !
De « Celui » qui jadis naquit dans une étable,
Afin d'être plus près de ceux qu'il aima tant,
Et vacciner son cœur pour être charitable.

Noël ! Noël ! Noël ! fêtons le Roi des rois !
Qui eût comme draps fins, de la paille en dentelle
Et pour tout berceau d'or, une créchette en bois
Et pour tout éclairage, une étoile immortelle.

Noël ! Noël ! Noël ! que dans chaque demeure,
Un cantique s'élève en l'Honneur de « Celui »
Qui mourut afin que son grand amour ne meure.
Glorifions Jésus ! Hosanna ! Gloire à Lui !

Noël, Noël, Noël ! Ah ! fêtons dignement
« Celui » qui chaque année à minuit revient naître
Quand Minuit sonnera, chantons l'avènement,
De « Celui » qui d'Amour fut grand Apôtre et Maître.

Noël ! Gloire à Celui qui dit à ses Apôtres :
« En vous aimant toujours beaucoup les uns les autres,
Vous m'aimez et servez le Seigneur Dieu, mon Père,
Bien plus qu'une hypocrite et ardente prière ».

Beau Noël ! qui nous dit : Faut être charitables,
Laissez la nappe blanche et couverts sur vos tables.
Les âmes des défunts, parents, amis, les anges
Y viennent « picorer » dans des ombres « étranges ».

Noël ! Noël ! Noël ! qui surtout recommande,
Heureux ! vous qui pouvez (Jésus vous le demande),
N'oubliez pas le « Pauvre », hélas ! très malheureux
Qui frappe à votre porte, et attend miséreux.

Le trépas de tout « Juste » est repos éternel,
Un Mort n'a rien besoin... car rien ne manque au ciel,
Et le couvert laissé couronné par du pain
Doit être réservé pour qui nous tend la main.

Mais souvent que la neige en brouillard papillonne
Bercée ou ballottée aux caprices des vents,
Le riche, en son Palais, chaudement réveillonne,
Et le pauvre ! affamé... dehors, « claque » des dents.

Pendant que le champagne, à flots, coule et pétille
Dans chaque intérieur doré du châtelain,
Dans les bien froids taudis sans « bûche » ni « brindille »
Le pauvre ! bien souvent « fête » Noël sans pain.

Et vous ! petits enfants, soyez surtout bien sages,
Petit Jésus le veut ainsi que les rois Mages,
Soyez obéissants à papa et maman,
En ce jour de Noël, faites-en le serment.

Et le petit Jésus qui aime les enfants
Mais seulement les « Bons » et punit les « Méchants »,
Enverra, aussitôt, papa Noël vers vous
Vous porter des bonbons, des jouets, des gros sous.

Riches ! quand vous parez vos arbres de Noël,
Réservez une part pour les « déshérités »,
Surtout, n'oubliez pas que le chemin du ciel,
(Si vous « croyez » vraiment) est fait de « charité ».

Noël, Noël, Noël ! O fêtes éternelles !
O christmas ! des puissants, bourgeois, princes et rois,
O Riches ! faux dévots ! qui les fêtez si belles...
Et qui les violez en piétinant ses « Lois ».

L'AVARE

L'avare ne possède pas ses richesses : ce sont ses richesses qui le possèdent.

BACON.

Nul ne profite de ce que le destin réserve à un autre.

(Proverbe turc).

O Toi ! quand tu vivais, te croyais « Invincible »
O Toi ! si orgueilleux de tes coffres pleins d'or,
Mais la Mort a surgi te prenant comme cible
Tu n'as pu résister à « l'invincible » Mort.

O Toi ! si « Tout-Puissant », hier encor sur la Terre,
Aurais pu de ton « Or » répandre du Bonheur,
Sécher de nombreux pleurs, soulager la misère,
Fi donc ! de te ruiner tu aurais eu bien peur.

Et pourtant ! à présent à quoi t'est donc utile
Tout cet « Or » amassé, que tu « laisse » après toi...?
D'autres profiteront de tes billets de mille,
Et sûr ! qu'ils en seront moins avares que toi.

Et Toi ! qui maintenant, es couché dans ta bière
Si ton âme survit, elle doit bien gémir,
Car pendant que ton corps pourrit au cimetière
Les vivants font « valser » ton or dans le plaisir.

Toi qui étais si fier, si robuste et Puissant... !
Que reste-t-il de toi dans ce champ clos et sombre...?
Tu n'es plus que « Néant » et bien moins que ton ombre
Qui s'évapore aussi dans la nuit du « Néant ».

Tu n'es plus que « Zéro » massive chose inerte,
Un corps sans mouvement sauf celui à venir,
Des vers dont tu es plein, consommera ta perte
Ne restant plus de toi le moindre souvenir.

Tes beautés du vivant, tes plaisirs, tes grandeurs,
Tes richesses sans fin, tes Palais somptueux,
Ivresses des festins, voluptés des Honneurs,
Tu n'es plus que « fumier » semblable au pauvre gueux.

Mais cependant le gueux contrairement à toi
Quoique ne laissant rien en terre ou valeurs,
Recevra de parents ou amis pleins de Foi,
Quelque « Pater » pieux, et parfois quelques fleurs.

O Vivants ! qui lirez ces lignes si touchantes,
D'être un peu plus « Humains » faites tous les efforts.
Songeons qu'un jour viendra où nos âmes méchantes,
Graviront le chemin de l'empire des Morts.

Alors pour nous aussi, à quoi bon la richesse...!
Acquise lâchement par le crime ou le vol
Ou bien comme l'avare en « entassant » sans cesse
Puisque nous ne pourrons emporter un seul sol.

Et si tel qu'on le dit, au delà de ce monde
Est un Dieu « Tout-Puissant » Maître de l'Univers,
Qui jugera notre âme avec rigueur profonde,
Tâchons d'aller à « Lui » vierges d'actes pervers.

Luxuriantes splendeurs,
Richesses et honneurs
Tout est exquis et beau.

Vives douleurs amères,
Les larmes et misères,
Tous les deux au tombeau

Les plaisirs et les maux
Périssent bien égaux.

PATRIOTES

Il n'y a qu'un bonheur : le travail ; qu'une jouissance : le beau ; qu'une consolation : le vrai.

CARMEN SYLVA.

Si j'avais le pouvoir ! un Pouvoir tel que Dieu,
Sur le champ, j'unirais tous les grands Patriotes
De toutes les Nations, et dedans chaque lieu,
Je leur dirais : « Assez ! de vos guerres idiotes ».

Que désirez vous donc... ? Les Terres et son Or !
Eh bien ! prenez le tout ; et qu'enfin de la sorte,
Chacun de vous ayant obtenu son Trésor
Et me fichant la Paix, toute guerre soit morte.

A quoi cela vous sert ..? Dites-moi, je vous prie
De tant vous disputer pour un gouvernement,
Ou bien pour une grande ou plus « Grrande » Patrie.
Ne bataillez donc plus. Assez ! de ce tourment... !

Las ! que ce soit fini de tant vous chamailler !
Je vous donne la Terre... Allez la travailler !
Du pôle Nord au Sud, Est, Ouest et le Centre
Partout la Patrie est et sera « votre ventre ».

Enfin ! si j'étais roi ou chef d'une Nation,
Aux Richards et patrons de la grande industrie
Je dirais : Si la guerre est de vous l'ambition,
Vous partirez devant « sauver » votre Patrie.

C'est alors qu'on verrait se produire un miracle.
Oyez donc tous la voix du disque de l'oracle ;
La voix de ces guerriers, pourfendeurs, patriotes :
Implorer tous la Paix, pleurant dans leurs culottes.

LEVER DE SOLEIL

Le soleil n'attend pas qu'on le prie pour faire part de sa lumière et de sa chaleur. Fais de même tout le bien qui dépend de toi, sans attendre qu'on te le demande.

ÉPITECTE.

Soleil ! astre divin... ô roi de la Nature !
O Phébus radieux ! à la belle parure,
Qui sur ton trône d'or majestueux, sacré...
Répands tes chauds rayons, d'un éclat empourpré,
Secouant la torpeur de la Terre engourdie
Par le repos serein, d'une nuit refroidie,
D'une humide rosée
De larmes arrosée.

Tu brilles, ô soleil ! tu répands alentour,
La chaleur, la lumière... et la vie... et l'amour !
(car si tu n'étais là, si tu n'éclairais pas,
ce serait l'agonie et l'éternel trépas.)
Tu donnes la gaieté, le bonheur ici-bàs,
Qu'en élixir de feux,
Tu sers du haut des cieux.

N'est-ce pas toi, Phébus ? merveilleux radium !
Qui par ton puissant souffle injectes un sérum
Chaque nouveau printemps anémié de sève
Après les durs frissons de l'hiver qui s'achève.
Et ne fais-tu pas fondre en fleuves le granit
Des neiges et glaciers qui, la Terre nourrit.
Salut à toi, soleil !
O bel astre vermeil !

O Soleil ! tu es « Tout ». Et Dieux ! Quelle tristesse !
Si nous étions sevrés de ta chaude caresse
Les vieux ne pourraient plus dans leur vie au déclin
Le baume en ressentir par son souffle divin,
Et les convalescents rechercher la chaleur
De tes rayons si doux qui réchauffent leur cœur.
Car tout sourit par toi !
Et l'on t'aime avec foi.

O soleil merveilleux !
Fier et majestueux,
Horaire si précieux
De la Terre et des Cieux !

Tu ne « changes jamais les heures » du berger
Car pour toi, nul besoin d'un concours d'horloger,
Sans arrêter ta marche, éternel « Juif errant »,
De tes aiguilles d'or glissant sur ton cadran
Nous marques du destin
L'infaillible chemin.

O bel astre royal ! Empereur des étoiles !
Que font pâlir, soudain, tes éblouissants voiles,
Car, lorsque tu surgis, dès l'aube, brusquement,
Tout s'enfuit et s'éclipse alors au firmament,
Et quand, dans ta bonté, enveloppant la terre
De tes grands bras puissants, de vie et de lumière
Pour tous, tu veux toujours
Briller d'égaux amours.

Puisqu'il en est ainsi sur cette pauvre terre
Que ce soit les palais ou la triste chaumière
Le soleil doit briller pour « Tous » sans condition.
Pourquoi faut-il, dès lors, qu'une seule exception
D'hommes favorisés par la « Loi des plus forts »,
D'autres hommes commes « Eux » dépouillent sans
[remords]
Pour que leurs coffre-forts
S'emplissent sans efforts.

Le Vieux Cantonnier

Les grands périls ont cela de beau, qu'ils mettent en lumière la fraternité des inconnus.
VICTOR HUGO.

Un bruit très répandu, oh ! combien faussement,
Dit que le cantonnier fait payer largement :
« La sueur de son front,
Cent francs l'once dit-on ! »
Je veux de ce « dit-on » démontrer le contraire,
Ou tout au moins, je vais essayer de le faire.

Le voyez-vous courbé sur le bord de la route,
Cet homme, ce vieillard, suant sans aucun doute.
Il est là ! chaque jour depuis plus de trente ans,
Pour embellir la route aux riches fainéants
Qui roulent en auto, filant comme un bolide,
Hautains et arrogants ; et d'un regard perfide,
Méprisent le travail, déshonorant pour eux.
Pour un riche nouveau, l'oisiveté vaut mieux.

Le pauvre cantonnier avant que Phébus dore
La campagne endormie, avant la rose aurore,
Se rend à son travail, muni d'un vieux bâton
Pour appuyer ses ans, qui font courber son front.

Vingt et neuf sous par jour ! il a pour tout salaire
Pour « soigner » les chemins. Est-ce cette misère ?
Qui suffirait à ceux qui le blâment si fort.
Messieurs, en vérité ! je dis : « Vous avez tort. »

Or, poser la question, c'est du coup la résoudre,
Sans vouloir à vos yeux y jeter de la poudre,
Et je vous dis encor : Sueur de cantonnier,
Vaut bien ce qu'on la paye... on ne peut le nier... !

Et ses vingt et neuf sous par jour — ou je m'égare, —
D'un riche payerait à peine « un fin cigare. »
Allons, riches oisifs ! soyez donc plus Humains,
Et payez la sueur du soigneur des chemins.

Et sa retraite à « Lui » est si faible, si maigre... !
Que pour en vivre avec... la vie en serait « aigre »
Dès lors, ne soyez pas surpris; si par hasard
Vous trouviez sur la route, un cantonnier vieillard.

Ainsi tel qu'on le voit,
Parmi le fonctionnaire
Le cantonnier perçoit,
Le plus petit salaire.

Cependant, c'est celui qui travaille le plus
Car c'est neuf fois sur dix, quand sonne l'angélus
Qu'il est à son « Devoir ». Et d'un pas qui chancelle,
Poussant, sur le chemin, la brouette cruelle.
La sueur, en été, s'écoule en abondance
Et l'hiver il grelotte, en suant de souffrance.

Et pendant les trois mois de vacances d'été
Que chaque fonctionnaire accomplit en gaieté
Tout en étant payé quand même en « rien faisant »,
Le pauvre cantonnier ne peut en dire autant.

Travaille triste gueux ! crève-toi, pauvre hère !
Et surtout garde-toi de clamer ta misère.
Pour toi, point de repos ; ton bonheur, c'est certain
Doit être limité à soigner le chemin.

Et qu'il neige ou qu'il vente, ou qu'il fasse soleil
Tu dois être toujours, sur la route, en éveil,
Car, sans çà, tu aurais en guise de prébende,
Plus que ton gain d'un jour ; mieux dit : « deux francs [d'amende ».]

Casse donc des cailloux pendant l'été torride,
Et cure les fossés pleins de fange putride
De miasmes corrompus et souvent parfumés
D'une très forte odeur d'excréments variés.

Et lorsque, tout fourbu d'une tâche bien pleine,
Le cantonnier, le soir, s'achemine avec peine
Au familial logis, il est fier et heureux
Quand même d'y trouver des visages joyeux
Qui attendent l'époux, le père, ou grand'papa,
Le couvrant de baisers qu'ils ne marchandent pas.

O Riches ! qui roulez sur les routes de France,
Du pauvre cantonnier, respectez la souffrance,
Saluez ce martyr ! sans lui faire l'affront
De mépriser si fort « la sueur de son front ».

Le Réveil de la Ferme

L'ennui est entré dans le monde par la paresse.
LA BRUYÈRE.

Dans la ferme, tout dort, tout est silencieux,
Du « calme de la nuit » qui règne dans ces lieux,
Les Maîtres de céans, les jeunes et les vieux
Goûtent la volupté
D'un repos velouté.

Tout à coup, l'on entend dans l'ombre résonner
Une voix s'écrier : Debout! Faut se lever,
C'est le chef! dont l'appel connu fait frissonner
Le calme de la nuit
Qui mollement s'enfuit.

A ce signal, bientôt tout remue et s'agite,
Femmes, enfants, bétail, les chiens dans leur guérite
Tout est « cacophonie », un orchestre insolite,
Car c'est du laboureur
L'ordre du dur labeur.

Les oies, les canards, les lapins, les pigeons,
Cochons, bœufs et brebis, vaches, chevaux, moutons
Par instinct routinier, égrènent leurs chansons
Tout dit l'hymne d'amour
Du beau réveil du jour.

Tout l'étable frémit,
S'éveille à sa manière,
La jument qui hennit,
Agite sa crinière,
Et l'âne, dans un coin,
Bien fort se met à braire.
Alors qu'un peu plus loin
Retentit la prière
Du clocher, qui Phébus
Salue en Angelus.

Chacun de son destin subit la servitude...
Mais pour le paysan, chaque jour lui est rude
Et c'est « dévotement » que par vieille habitude
Les braves paysans
Vont travailler leurs champs.

Et le coq entonnant un fort « kakarakah »,
Etirant son long cou, ses plumes hérissa
En maître d'un harem, tel un maharajâh »
Chanta dans son sérail :
C'est l'heure du travail ».

Paysan de France

Qui ne veut pas travailler ne doit pas manger.
SAINT PAUL.

Salut, ô Paysan ! O Prince de la Terre !

. . . .

Debout ! Allons debout ! O Paysan de France !
Abandonne ton lit. Debout ! l'aube paraît...
Car la terre t'attend ; elle a faim de semence
Pour nourrir le pays qui sans ça périrait.
Renonce au doux baiser de ta chaude couchette,
Quitte donc ce repos que tu voudrais plus long,
Frotte-toi vivement et les yeux et la tête,
Puis, saute en bas du lit et mets ton pantalon.
Et pendant que ta femme habille les petits
Pour aller à l'école apprendre notre « histoire »,
Toi ! descends à l'étable apprêter les outils
Et servir au bétail leur pâture et le boire.
Quand les bêtes auront chacune leur pâture,
Alors, ô Paysan ! à toi tu songeras...
Un maigre déjeuner sera ta nourriture :
Du pain sec ! qu'en allant aux champs tu mangeras.

Les bœufs ont déjeuné. Ils attendent leur Maître
Qui bientôt apparaît et détache « l'estoc »
Du gauche et du droitier ; ce qui va lui permettre
D'accoupler les deux bœufs qui tireront le soc.
Dès que la liberté règne sur chaque bête,
Celles-ci, à leur tour, agitent leur gros cou,
Et mollement rétifs, au joug placent la tête.
A l'appel de leur nom « Rè pardou, Rè gajou ».
Et quand le paysan a jugulé la tête .
De chacun de ses bœufs, il part en sifflotant
Les atteler de suite à la lourde charrette
Qui doit les amener au champ qui les attend.
Et prenant le timon qu'il soulève avec peine
Il le place au milieu du joug pour l'attacher,
Et bœufs et paysan confondent leur haleine,
Car, toujours la cheville est dure à l'accrocher.
Et la cheville, enfin ! a lié l'attelage.
Lors, caressant ses bœufs d'un amical soufflet,
Le paysan leur tient, des bêtes, le langage,
Puis, à sa femme, lance un grand coup de sifflet.

Aussitôt, de là-haut. l'épouse qui entend
L'appel si bien connu, se dépêche, se hâte !

Pour se rendre aux côtés du « Mêstré » qui l'attend...
Car, elle met aussi ses deux mains à la pâte.
Et laissant la maison à la garde des vieux
Qui feront la cuisine et garder les enfants,
La charrette démarre en grinçant des essieux
Emportant paysanne et paysan aux champs.

Si tu veux travailler avant la rose aurore
Hâte-toi ! car le jour arrive à très grands pas...
Et quand le riche oisif, abruti, « dort encore »,
Le Paysan de France est aux champs « habit bas ».

Et pendant que la femme avec la lourde bêche,
Sa jupe retroussée ou quelquefois traînant
Défonce vivement, une ornière revêche
Que le « Mêstré » ne peut labourer au tournant...
Le brave paysan, sans perdre une seconde
Aussitôt arrivé met la charrue en main,
Il creuse le sillon dans la terre féconde,
D'où germera le grain, qui donne le bon pain.

Et le soc s'enfonçant, dans la terre qui fume
Le paysan sifflote ou fredonne tout bas,
Et l'on verrait parfois son regard qui s'allume,
Des souvenirs lointains, qu'il ne reverra pas.

La charrue entraînée entaille et puis renverse
La terre au riche humus de vie et d'espérance,
Notre sol est heureux, quand on le met en « perce »
Car il sait, qu'il nourrit ou bien sauve la France.

Pour ses enfants la terre est une bonne mère,
Au sein ferme et gonflé, qui jamais ne tarit.
Sans « Elle », ce serait une existence amère,
Aimons-la donc toujours, puisqu'elle nous nourrit.

Qu'adviendrait-il de « Tout » sans Paysan de France... ?
Nous serions dévorés du spectre de la Faim.
Le mauvais Riche alors connaitrait la souffrance,
D'un ventre vide et creux, qui réclame du pain.

Pour un ventre affamé, l'or n'est qu'un « rien qui vaille »
A quoi peut lui servir, un coffre gorgé d'Or... ?
Et la terre nourrit toujours, qui la travaille,
Car le pain nait du blé, qu'on coupe à Messidor.

Bénissons donc bien Haut, le Paysan de France.
Car notre vie à tous par « Lui seul » est pétrie.
Dans ses mains, il détient, du Pays l'espérance.
« Il est le vrai gardien, du cœur de la Patrie ».

Et si le Paysan de France a dans ses mains,
Le cœur de la Patrie, espoir des lendemains... !
N'en est-il pas aussi la source, la prébende ?
Qui réchauffe ce cœur d'un « Pinard de légende ».

O Paysan de France ! Honneur et Gloire à Toi !
N'es-tu pas de la Terre un véritable roi ?
Le spectre de la Faim subit, vaincu, ta « Loi »
Salut ! ô Paysan ! Je t'admire avec « Foi ».

J'ai voulu te chanter, ô Paysan de France !
Et, me suis inspiré au clavier de tes champs.
J'ai donc monté la gamme à ton « sol » de souffrance,
Puissent mes pauvres vers, traduire aussi tes chants.

Salut ô Paysan ! ô Prince de la Terre !
O Toi ! Maître absolu, Machine de la guerre !
Car si tu le voulais : du venin Profiteur,
Tu signerais la Mort, — arrêtant ton « Moteur ».

PERFECTION

Le bonheur de notre nature aussi bien que sa perfection consistent à faire notre devoir.

D. STEWART.

L'esprit a beau s'avancer, il n'ira jamais aussi loin que le cœur.

CONFUCIUS.

On peut avoir commis des « péchés de jeunesse »,
Parfois par ignorance et souvent par faiblesse.
Qui n'a péché jamais, ose lever la main,
S'il n'a péché la veille, il pèchera demain.

Un Saint même est coupable. Et Saint Pierre autrefois,
Son Maître et Rédempteur renia par trois fois,
Avant le chant du coq dans une heure d'horloge.
Dès lors, pourquoi faut-il qu'à pécher on déroge ?

Un « écart » de jeunesse est pourtant excusable,
On ne comprend le mal qu'à l'âge de raison,
Pécher à l'âge mûr serait fort méprisable,
Et toute faute alors ne mérite pardon.

La Perfection n'existe en nul lieu en ce monde,
Pas plus que la détient la science féconde
Qui cependant insiste à faire la lumière
S'efforçant de percer l'insondable chimère.

Chaque jour nous est fait
De nouvelles surprises,
Quand on croit tout parfait
Le tout n'est que méprises,
Car ce qu'on admirait
Hier, comme une « merveille »,
Aujourd'hui nous paraît
Une horreur sans pareille.

Tout objet des « temps vieux » n'a réelle valeur
Que comme « antiquité » pour un collectionneur,
Ou bien pour notre histoire, et celle d'avenir,
Reliques du passé qu'on garde en souvenir.

Mais souvent ces objets par leur muet dictame
Nous montrent ce qu'étaient les hommes d'autrefois,
Par Eux, nous pensons lire et bien pénétrer l'âme
Des hommes de jadis, philosophes ou rois.

En vain, nous fouillerons leur empreinte apocryphe
Que la rigueur des ans a voulu épargner,
Nous croyons déchiffrer tout ancien hiéroglyphe
Mais seul! qui l'a tracé pourrait nous renseigner

Mais ceux-là ne sont plus, pas même un simple atôme!
D'Eux! tout a disparu « lié » d'un même lien.
Et de celui qui fut un grand ou « petit » homme,
Esclave ou Pharaon, il ne reste plus rien.

Les siècles ont passé ; puis passeront encore
Et de même qu'hier, notre histoire à venir.
Ayant enregistré de son disque sonore
Le Présent! chantera : « Hommes, il faut mourir ».

Pour tant que vous cherchiez à percer le Mystère,
Vos ongles s'useront au granit de « l'oubli »,
Votre raison sombrant tout au fond d'un cratère,
D'une Tour de Babel en volcan de folie.

Las! puisque la Mort est : souveraine ici-bas!
L'homme sera parfait quand il ne mourra pas.
L'homme n'est pas parfait ; et il ne saurait l'être,
Car, s'il l'était? vraiment! Dieu n'en serait plus Maître.

Et « Tel » qui supposait avoir trouvé la route
De la « vérité » pure à l'aube de ses ans,
Plus tard l'expérience et raison s'il l'écoute
Lui dira : Tout est faux... Mensonges écrasants!

Effrayés, l'on verra que ce qu'on a écrit
Est un grand leurre affreux que rejette l'esprit.

Et quand on croit tenir un fil de perfection,
Crac! votre fil se casse... Adieu! votre ambition!

LA GUILLOTINE

Nulle parole contre le prochain ne doit être crue avant d'être prouvée.

SAINT FRANÇOIS DE SALLES

Sur la place, tout près de la morne prison
La foule, qui attend, avide d'émotion,
Admire dans la nuit qui meurt l'outil sinistre
Qui bientôt va couper à l'aube sombre et bistre
La tête d'un bandit, paraît-il, redouté
Qui terrorisait fort toute la société.

La Machine de Mort trône comme une reine
Attendant son « sujet » qui bientôt avec peine,
Devant son piédestal, va se traîner, tremblant,
Pour baiser dans ses bras son couperet tranchant,
Puis, sa tête fauchée, en un râle mourant,
Roulera dans le son du panier tout sanglant.

Tout à coup, un remous se produit dans la foule,
Tout s'agite et frémit dans une immense houle,
Des cris ! Un nom ! « C'est Lui » s'élèvent vers le ciel.
Seul, le bourreau, muet, au sourire cruel
Sa victime il attend. Et bientôt, froidement,
Lui ravira la « vie » ah ! combien lâchement !

Et, dans la foule, on voit deux pauvres yeux pleurer,
C'est la mère ! qui « voit », traîné par l'aumônier
Ce bandit... C'est « son fils », dont la face crispée
De pâleur... et qui sait ! de remords estampée ?

Oh ! non, car, de ses yeux, perçant soudain la foule,
Un ruban de cristal, lentement, se déroule,
Puis, d'un regard suprême, il contemple le ciel...
Car ses yeux vont dormir le sommeil éternel.

Un instant il s'arrête. Il contemple la croix
Que lui tend l'aumônier, qui, de sa douce voix
Lui dit : « Allons, mon Fils ! ayez donc du courage,
Pour accomplir encor ce pénible voyage
Et Dieu ! vous placera là-Haut ! n'en doutez pas !
Parmi les saints « Martyrs » des « Méchants » d'ici-bas.

Et cruel, le bourreau, sur la planche fatale
Poussant le malheureux qui, lourdement s'étale
D'un coup sec fit glisser le couteau. Et la tête
D'un « Innocent » tomba,.. « L'Injustice » était faite.

Tandis que l'aumônier récite une prière
De la foule jaillit un appel. C'est la mère !
« Mon Fils ! Rendez-le moi ! » Et du couteau dément,
Gicla dans un long râle, un autre appel : « Maman ! »

L'HIVER

> Parlez-moi d'une souffrance qui se cache et reste ignorée ;
> C'est celle-là que je voudrais secourir.
>
> Henri BECQUE.

Brumaire a fait tomber « l'ultime feuille morte »,
Par le vent de l'automne anémiant les cœurs
Frimaire a consumé « l'ultime feuille morte »
Qui a dit : C'est l'hiver ! et ses frissons vainqueurs.

Frimaire se mourant avec ses « feuilles mortes »,
Son râle encor disait l'approche de l'hiver,
Il nous recommandait : Fermez l'huis de vos portes,
Quand Nivôse viendra, car son souffle est pervers.

C'est l'hiver qui paraît. C'est l'horrible fantôme !
Avec ses froids linceuls de blanc immaculés
C'est l'hiver rigoureux qui vieillit chaque « home »
De ses cheveux de neige aux frissons maculés.

C'est l'hiver ! Il fait froid. La neige, à gros flocons,
Descend avec lenteur du haut du firmament
Voltigeant en duvet de soie ou fins cocons
Se pose sur le sol très paresseusement.

C'est l'hiver grelottant ! Le chemin d'un calvaire
Dont se passerait fort le pauvre miséreux,
Car l'hiver est pour lui, toujours rude est sévère
Sans feu ni pain ? Il souffre ! est triste et malheureux.

. . . .

C'est l'hiver et ses maux ! C'est l'horrible torture
Du malade ou vieillard en son logis sans pain,
C'est : les petits oiseaux glanant leur nourriture
Au crottin égaré sur le bord du chemin.

C'est l'hiver ! Et là-Haut, les féroces sangliers,
Les Ours bruns et les loups hurlant à perdre haleine
Pour nourrir leurs petits aux bauges des Halliers
S'en vont chercher pâture aux greniers de la plaine.

Les chênes des forêts, les vastes sapinières,
Tous les arbres, soudain, se parent de bouquets,
De lustres argentés, girandoles, bannières
Que Phœbus baise au loin de ses pâles reflets.

Le chasseur à l'affût du tourde ou la bécasse,
Le méfiant isard ou le lièvre mâtin
Evite de crisser une branche qui casse
Tout en suivant ses chiens qui courent le butin.

Aou! Aou! Aouhh! Et les joyeuses voix
Des chiens en éclaireurs annoncent à leur maître
Que le gibier est là... terré au fond du bois
Hallali! Ouvrez l'œil! Bientôt il va paraître.

Et alors, le chasseur réjoui, plein d'espoir
S'apprête à épauler pour tirer le gibier,
Qu'il soit de plume ou poil, de couleur blanc ou noir
Peu lui importe, à lui! s'il remplit son carnier.

De retour au logis, content de sa journée
Oubliant la cruelle onglée au vif tranchant
Il est récompensé; car, dans la maisonnée
On accueille, joyeux, le rôti alléchant.

Mais les pauvres qui n'ont ni fusils ni cartouches,
Ni permis de chasser qu'ils ne peuvent payer
Hélas! sont obligés de couturer leurs bouches
Pour Eux! Point de rôtis dans leur maigre foyer.

Et le « pauvre caché », encore est plus à plaindre
Lui! n'osera jamais, dehors, tendre la main.
Dans son logis sans feu, vous le verriez à geindre
Et maudire le... ciel! pour son « rude » chemin.

Sous ses « habits luisants », empesés de misère,
Transi sur le sol dur, il traîne ses lourds pas
Le cœur triste; et gelé, son regard de prière,
Semble dire au passant : « Ah! ne m'oubliez pas! »

C'est l'hiver et son givre! Et son rude verglas!
Les monts, les bois, les champs, tout paraît en sommeil,
Oui! c'est l'hiver cruel qui a sonné le glas
Des jours de Messidor et son lustre vermeil.

C'est l'hiver douloureux! C'est le froid en délire...
Les jours courts, sans chaleur, sans fleurs ni papillons.
Il est le cauchemar, la terreur, le Martyre!
Des pauvres gueux sans pain ni feu, sous leurs haillons.

Le Vieux Trimard

On ne demande pas à un malheureux : « De quel pays ou de quelle religion es-tu ». On lui dit : « Tu souffres, cela suffit ; tu m'appartiens et je te soulagerai ».
PASTEUR.

Le bonheur du riche ne doit pas consister dans le bien qu'il a.... mais dans le bien qu'il peut faire.
FLÉCHIER.

Le vieux trimard, hélas! seul et « triste » chemine
Sous des haillons légers, il a bien triste mine,
Ses membres grelottants frissonnent de vermine.
D'où vient-il? Où va-t-il? Où porte-t-il ses pas?
Comment le saurions-nous? Lui-même ne sait pas!

Le front baissé, pensif... les habits reluisants,
La barbe et les cheveux hirsutes, pas pesants,
Le trimard, dos voûté sous le poids de ses ans
Trime et trime toujours d'un pas silencieux
Et parfois... son regard s'élève vers les cieux.

A quoi songe-t-il donc? pauvre gueux, triste hère!
Maudirait-il le... ciel! pour sa dure misère?
Ou l'implorerait-il d'une ardente prière?
On ne sait. En tout cas, de sa manche rapée,
Parfois,le trimard sèche une larme échappée.

Pourquoi ce pauvre gueux
Sillonne-t-il la route,
Ne serait-il pas mieux
Dans un logis? Sans doute!

Sans doute! s'il avait un logis en partage,
Tel un bon citadin, villageois de son âge,
Sans doute! que c'est : là...! comme un oiseau en cage,
Qu'il se reposerait. Ça ne fait aucun doute!
Plutôt que « trimarder » sur l'éternelle route.

Semblable au Juif Errant que le remords opprime,
Courbé sous le fardeau éternel de son crime,
Semblant fuir ce « remords », il marche, marche et trime
Car son logis à « Lui » c'est la route sans fin,
Et souvent, comme lit : c'est le bord du chemin.

Cependant, quand Nivôse avec ses durs frimas
Blanchit plaines et monts, villes, bourgs et les mas,
Que les bords des chemins sont « neigés » en amas,
Alors le vieux trimard
D'une faible prière,
Mendie à tout hasard,
Paille ou foin pour litière.

Mais le pauvre trimard est mal reçu, parfois !
Tant l'aspect « loqueteux » et sa craintive voix
Font l'effet d'un brigand surgi du fond des bois.
Dès lors, au lieu d'avoir un accueil charitable
C'est un refus brutal pour la grange ou l'étable.

Et le pauvre vieillard reçu de cette sorte,
Refus quelquefois doux... mais souvent à voix forte,
Insiste, mais en vain, jusqu'à l'ultime porte.
Il ne lui reste alors
Il le sent, il le voit,
Pour logis : le dehors..
Et le ciel comme toit.

....

Parfois, dans un hameau, la nuit est moins sévère,
Quelque meule de paille ou [illegible] foin dans une aire
Adoucit « tant soit peu » son pénible calvaire
Et là ! faisant un trou qui doit être son lit
Le pauvre vieux trimard, en tremblant, se blottit.

Souvent, le pauvre gueux, dans ce bien froid taudis
A de bons compagnons qui sont de vrais amis.
C'est : les petits oiseaux qui, là ! ont fait leurs nids.
Et comme s'ils voulaient guérir son cœur malade
Ils font au vieux trimard : bien douce sérénade.

Et quand le jour paraît, il reprend son chemin,
Chemin de chaque jour qu'il refera demain
Non, le même trajet, mais celui du destin,
Le cœur gros, l'âme lasse et la tête enfiévrée,
Traînant d'une existence amère, la livrée.

Clopin-clopant, il « trime », en s'aidant d'un bâton.
Si vous le rencontriez, pitié ! pour ce piéton...
Donnez ! au vieux trimard s'il vous tendait la main,
Vous lui adouciriez les rigueurs du chemin.

O Riches ! qui pouvez, soyez donc charitables !
Donnez ! au vieux trimard, le « trop plein » de vos tables,
Ne le repoussez pas... vous commettriez un crime
Est-ce sa faute à Lui ! si à son âge il trime ?

Traînerait-il ainsi son boulet de misère ?
S'il avait vos châteaux ou même une chaumière.
O Riches ! à sa place, un instant mettez-vous,
Vous devriez en goûter, pour savoir si c'est doux.
. . . .

Et pourquoi ce trimard a-t-il eu en partage
La misère ! au lieu de : châteaux en héritage...
En vertu de quel droit ces châteaux sont-ils vôtres ?
Prélevez-en un peu ! et donnez le aux autres.

Alors, du « vieux trimard » et tous les pauvres gueux
O Riches ! vous ferez de tous des Bienheureux,
Ainsi l'a dit et veut « Celui » que dans son Temple
O Riches ! vous priez « sans suivre son exemple ».

LA VOIX DE DIEU

Il faut mettre ensemble la Justice et la force ; et pour cela, faire que ce qui est juste soit fort et que ce qui est fort soit juste.

PASCAL.

Je sais ce que je fais. J'ai fait « Tout ». Je sais « Tout ».
J'ai créé l'Univers. Mon Esprit est partout.
Je scrute dans les cœurs le plus petit péché.
Rien ne m'est inconnu, ni peut m'être caché.
Je suis une Unité, Indivisible, Unique !
Je suis de l'infini, le Puissant Viatique.
Je suis Un... je suis Seul... et je suis Eternel !
Je suis Maître absolu... Moi seul suis Immortel !
Je peux ce que je veux. Je détruis ou je crée,
Rien ne peut résister à ma force sacrée,
Car si je le voulais par un geste rapide
Vite comme l'éclair, plus même qu'un bolide,
Pourrais par ma pensée engloutir, foudroyer
La Terre. Et l'Univers entier « pulvériser ».
Je n'accomplirai pas catastrophe pareille,
Je ne détruirai pas cette grande merveille
Qui occupe mon temps et... m'amuse parfois !
Et si je l'inondai d'un déluge autrefois,
Pour punir « tous ces fous » qui voulaient jusqu'au Ciel
Elever par orgueil une « Tour de Babel »,
Je ne le ferai plus. Du reste, au patriarche
Noë, je le promis quand il sortit de l'Arche
Et quand on a donné une parole ou promesse,
On doit l'exécuter sans regret ni faiblesse.

....

« Un écrit disparait... La parole survit
A mes yeux, elle vaut beaucoup plus qu'un écrit ».

Un Ecrit, par la Force est obtenu parfois...
La conscience seule ! entièrement fait Foi ».

Ei je punis toujours quiconque se parjure
Et de même celui qui, à faux, dit : Je jure ».

O tribunaux humains ! Voilà ce qu'est la « Loi »
Pas de « droit » sans raison, sans vérité, sans foi !
Oui, sans foi ! Je le dis — ô tribunaux humains !
Foi ! toujours violée en levant « pieds et mains ».

« Et pour mieux découvrir où est la « Vérité »
Voyez donc, ô Farceurs ! qui est déshérité... ? »

Voilà ce qu'est la Loi ! Le reste est « Forfaiture »
Vos Lois sont des Tyrans vomis de l'imposture.
Vous décrétez ceci ou cela sans « raison »
Pour la Loi, vous « volez au pauvre sa maison ».

En vérité ! Je dis : vous devez en tout lieu,
Juger avec le cœur... Le cœur ! La voix de Dieu !

Or, si je ne veux plus par un nouveau déluge
La Terre désoler... je reste pourtant « Juge »
Suivant ma volonté de contrôler vos actes,
Et cela, sans arrêt... Oh ! non ; jamais d'entractes... !
Si je sais bien punir impitoyablement,
Je sais récompenser toujours « divinement ».

Et si je suis méchant pour les « Méchants » par contre,
Je suis bon pour les « Bons » et toujours je le montre.
Car ma justice à moi ! est unique, infaillible !
Si large est le-pardon que la peine est terrible,
Et quand mon Tribunal, une âme a condamnée
Je n'y puis revenir ; car elle est bien damnée.

Et s'il est des « méchants, voleurs », ou « assassins »
Qui ont pu fuir sur Terre, ou qu'on prend pour des Saints...
Ils n'échapperont pas au Tribunal du Ciel
Où tous ses jugements sont rendus « sans appel ».

Je suis de l'Univers, l'Inédit architecte
Et l'Homme que j'ai fait, je veux qu'il me respecte.

Et jamais contre Moi, nul ne pourra lutter.
« Je domptai Lucifer qui voulut résister
Je suis Dieu ! Et je dis : que : j'entends le rester ».

L'Etoile de Napoléon le Grand

Que celui qui veut mouvoir le monde sache d'abord se mouvoir lui-même.

Socrate

Bonaparte a souffert et connu la misère
Avant d'être Empereur c'était un pauvre hère
Qui vivait sous un toit ; une vieille mansarde
Où il cachait sa faim. Et sa face blafarde,
D'une affreuse maigreur les stigmates marquait.
Dans ce taudis sans feu, Bonaparte pensait
A sa Corse chérie et ses maquis lointains
A la France et Paris qui se mouraient de « faims »
Pendant qu'au Trianon la puissante noblesse
Dansait, riait, chantait, dans une folle ivresse
Mourait de voluptés aux bras de leurs compagnes
Dans l'orgie et parfums, les éclats des champagnes.

Or, un soir qu'il rêvait, plus fort que de coutume
D'un regard clair, perçant!... à travers d'une brume
Une lueur surgit déchirant l'obscur voile
Des nuages du ciel. Une brillante étoile
D'un éclat si puissant apparut à ses yeux
Qu'il en fut ébloui. Alors du haut des cieux
Une voix lui cria : Ecoute, Bonaparte
C'est moi le Seigneur Dieu ! J'ordonne que tu partes
Châtier les tyrans orgueilleux de la terre
Va ! lève toi et pars. Va ! leur faire la guerre.
Sois mon bras justicier. Je te protègerai.
Tu vaincras... Je le veux!... Va ! Je te guiderai.
Donc, sans plus de retard, pars de suite à Toulon
Chasses-en les Anglais ces « produits » du démon.
Mais surtout, ne sois pas grisé par trop de gloire
Garde toi du démon après chaque victoire.
Il est toujours jaloux de ceux que je bénis
Va ! pars donc à Toulon ; puis, reviens à Paris.
La besogne t'attend : car sans doute en Egypte
Il te faudra partir pour délivrer les cryptes
Des chrétiens que là-bas profanent les Anglais.
Va ! pars... Dépêche-toi ; et n'oublie jamais
Mes conseils... obéis ! Va ! et sois courageux
« Mon Etoile » rendra ton bras victorieux
Mais, si un jour un fol orgueil et ambition
S'emparait de ton nom, alors, ma protection
Puis cette « étoile » aussi, s'éloigneraient de toi
Cette « Etoile » souvent, regarde et souviens-toi !!!...
Bonaparte aussitôt se leva et partit

Il devint « Tout-Puissant » et le monde éblouit.
Commençant par Toulon auréolé de gloire
Il marcha sans arrêt de victoire en victoire
Et l'Etoile brillant partout d'un vif éclat
Inspirait son cerveau dans l'ardeur du combat.
Et quand il eût vaincu les tyrans de la terre
Napoléon voulut le repos de la guerre.
Il décréta la Paix... fit son code des Lois.
Mais tout-à-coup surgit l'alliance des rois
Qu'il avait pardonnés. Ceux-ci se firent fête
Ingrats et arrogants de relever la tête
Napoléon alors pour les « rechâtier »
Remit sa grande « Epée » à ses poignets d'acier.
Et tant qu'il combattit par force et à regret
Son « Etoile » brilla d'un « Tout-Puissant » reflet.
Jusqu'au jour où pouvant se laisser vivre heureux
Entouré d'une cour aux visages joyeux
Il se laissa tenter par la voix du démon
Grisé d'un « fol orgueil » par l'éclat de son nom,
Il devint un « Tyran ». Et cela le perdit.
A dater de ce jour, son « Etoile » pâlit.

Marchant à reculons, de défaite en défaites
Il vit rapidement se fondre ses conquêtes
Le vieil ours Moscovite, en un vaste linceul
De neige le glaça, le laissant presque seul !...
Abandonné de tous, par ses meilleurs « amis »
Vaincu par les Anglais ses mortels « ennemis »
Napoléon pleura... Il comprit... et alors!
Accablé de douleur, il fut pris de remords.
Lors, voulant à tout prix en « brave » bien finir
Le « tueur » se jeta dans le feu pour mourir.
Mais le feu s'écarta ; comme pour les Hébreux
La Mer Rouge le fit sur un souffle des cieux
L'Etoile avait paru... mais cette fois très sombre
Et dans un manteau noir le couvrit de son ombre.
Grisé de désespoir devant son impuissance
A mourir... dès l'instant qu'allait mourir « sa France ».
Vaincu et sans espoir l'Empereur des Français
Tout démoralisé se rendit aux Anglais.
Mais, ceux-ci, aussitôt, pour le faire périr
Ainsi qu'à Jeanne d'Arc en firent un « Martyr »
Que l'histoire a noté. La sournoise Angleterre
Avait pourtant donné la promesse sincère
De donner au vaincu qui se livrait à « Elle »
Un asile de Paix. Mais perfide et cruelle
Aussitôt qu'elle tint bien fort son prisonnier
Sa parole ne fut qu'un « chiffon de papier »
....

Et tout chargé de fers, le Grand Napoléon
Sillonnant l'Océan sur le « Béllérophon »
Encadré de geôliers, le couvant de leur haine
Connut bientôt après « l'enfer de Sainte-Hélène ».

Et là ! l'infortuné Titan de « victo-ares »
Agonisa d'ennuie et regrets de « glo-ares ».

L'Etoile n'était plus ...! Et la nuit et le jour,
En vain il l'appela ! « mais le ciel resta sourd ».

Et de l'homme qui fit « trembler » et qui « vainquit »
Pour des guerriers en chambre : un demi-dieu naquit.

Hélas ! celui qui fut « Napoléon le Grand »
Fut surtout un « boucher d'hommes » et un tyran.

Et « jamais » dans l'histoire on n'effacera pas
Du jeune duc d'Enghien le « monstrueux trépas ».

DISCIPLINE

OU

Le Sergent « CRAN »

L'exemple touche plus que ne fait la menace.
CORNEILLE.

Tous les hommes en bas ! au rapport ! « Grouillez-vous » ...!
Gare aux « tireurs au flanc !... Allons, dépêchons-nous ...!
Quatre « crans » de consigne au dernier qui s'amène
« Gueulait » le sergent « Cran » qui était de semaine.

Aussitôt, de partout, dans toutes les chambrées
Ce fut le « branle-bas » jusqu'aux moindres « carrées »
Et le « cabo » transmit, gueulant aussi cet ordre
Recommandant à tous d'obéir sans désordre.

Ne laissez rien traîner autour du paquetage
Alignez vos « plumards » ou gare à l'abattage
Vous connaissez assez le « sergot » de semaine...
Mettez au râtelier ce « flingot » là qui traine...
Ce balai, cette cruche ; et puis ce godillot...
Que fait-il là tout seul?... Enlevez ce maillot
Qui est sur la fenêtre. Oh ! là là ! quel métier !...
La classe ! vivement, pour plaquer ce chantier.
Encore « deux cent dix », ensuite l'on se « barre »
Sans quoi c'est le « louftingue » Ah ! bon Dieu j'en ai [« marre »
Les hommes de la classe, à vos numéros ?... Un !...
Je donne le signal... que réponde chacun.

Deux, trois, quatre, cinq, six ! lui fut-il répondu ;
Car ceux qui en étaient l'avaient bien entendu.
Sept, huit, neuf, dix... Et onze... ! entonna un « Ancien »

Présent ! pour ce grand jour, que l'on fêtera bien.

Qu'est-ce qu'on va fêter? abruti ! bougre d'âne... !
Glapit le sergent Cran, qui surgit d'un air crâne.
En attendant que vous puissiez fêter ce jour,
Commencez à descendre au galop dans la cour.
. . . .

Sergent ! hasarda l'homme en joignant les talons...

Hein ! quoi ! vous rouspétez? il me semble, voyons.
Allez, ouste, rompez... et au pas gymnastique !
Tonna le sergent Cran d'un accent authentique.

Et « l'ancien » observant un silence « trompeur »
Partit en grommelant de colère et... de peur...

Puis tous, anciens et bleus lui emboîtant le pas
Se mirent à courir, volèrent jusqu'en bas.

Seul le cabo resta, puis un homme malade.

Qu'a-t-il donc celui-là ?... La gale ou la pelade?...
Ricana le sergent, questionnant le cabo
C'est encore un de ceux qui, d'un léger bobo
Trouvent toujours moyen de pouvoir carroter
Et alors du service à se faire exempter.
Et d'abord que fait-il assis sur son plumard ?
Allons, ouste, debout ! espèce de « flémard » !...

Sergent ! interrompit, craintif, le caporal...

Faut-il pour obéir l'ordre du général ?...
Eclata cette fois, le sergent colérique
Que cet homme ait la fièvre ou qu'il ait la colique
J'entends d'être obéi... Le reste, je m'en fous.
C'est « Moi » qui suis le « maître » ici... m'entendez-vous ?...

Sergent ! fit à nouveau le cabo hésitant...
....

Un lit n'est pas un banc, riposta le sergent.
« Aurait-il par hasard une rage de dents ?...
« Or, quand on est malade on s'y fourre dedans »
Je m'explique en français « très pur » sans rigolade.
Et sur ce, maître Cran, s'approchant du malade
Lui saisit les deux bras, et d'un geste brutal
Le jeta bas du lit......
..... Aaaah ! vous m'avez fait mal... !
Geignit l'homme aussitôt, d'une voix qui lui tremble.

Quoi donc vous rouspétez? vous aussi, ce me semble...
Qui m'a « foutu » un homme aussi douillet, si moule !
Ma parole on dirait « une bourrique saoûle »
Allons, requillez-vous, subito, vivement !
Et déshabillez-vous le plus rapidement.
Quand je remonterai, si je vous vois debout,
Je vous « fous » quatre crans, et le motif au bout,
J'ai dit... C'est bien compris...
.... Et le pauvre malade,
Tremblant comme un roseau, et le cœur en ballade
Enleva son képi, quitta son bourgeron,
Ensuite ses souliers, enfin son pantalon,
Et puis mentalement, maudissant le sergot,
Il se glissa au lit sans « oser » un seul mot.

Voilà ! dit le sergent » obéir sans réplique,
C'est le code parfait de notre République »,
Et n'est-ce pas écrit... ? service intérieur :
« Obéir sans murmure à son supérieur ».
Et pivotant par un demi-tour magistral,
La face à Cran croisa celle du Caporal.

....

Ce dernier aussitôt fit un pas en arrière,
Mais le sergent furieux, cramoisi de colère,
Vociféra, hurla : Qu'est-ce donc Caporal,
Que faites-vous donc là... ? Espèce d'animal !
Faut-il pour se coucher à cette demoiselle,
Qu'un larbin comme vous « Nous » tienne la chandelle...

Sergent ! voulut risquer le cabo « Bonnenfant »,

Vous vous « foutez » de moi ! éclata le sergent,
J'y vois encore clair... Et on me la fait pas.
Ouste, allez, vous aussi... Au pas gym... ! jusqu'en bas.
Bientôt on me prendrait, je crois pour une arsouille.
Vous m'avez entendu ? Rompez ! sacrée andouille !
Eh bien ! quoi ! Caporal... vous n'obéissez pas ?
Il me semble avoir dit : « de déguerpir en bas... »
Je parle en bon Français jeta « Cran » plein de rage.

Mais le Cabo resta. Et d'un mâle courage,
Fixant, le sergent Cran et le toisant de haut,
L'apostropha d'un seul et cinglant mot : « Bourreau ».

Sous l'injure, aussitôt, le sergent Cran bondit :
Hein, quoi ! Répétez voir ! voyons, qu'avez-vous dit ?

Alors, le caporal, le front haut, le corps droit,
D'une voix ferme et fière empreinte de sang-froid
Répéta, compléta : Vous n'êtes qu'un « bourreau ».
Oui, vous m'entendez bien ? Je l'ai bien dit « Bourreau ».
Et vous déshonorez l'habit qui vous habille,
L'armée aussi qui est une « Grande famille ».
Or, si nous subissons quelque temps sa tutelle,
Nous devons, nous devrions vivre en paix sous son aile,
L'armée est la maman des soldats que nous sommes,
Si on est « ses enfants » on est aussi des Hommes.
Des Hommes ! Je dis bien... J'insiste et le répète...
Des Hommes ! Sachez-le, sergent ! qui ont la tête
Placée au même endroit que vous sur leurs épaules.
Parmi « Elles », parfois, il est des têtes folles

Dont le brusque réveil semblable à un écueil
Surgit tout menaçant pour briser tout orgueil,
Qui commet l'imprudence et l'immense sottise
De nicher dans un crâne où déjà la bêtise
Avait en ouragan élu son domicile.
Et ce crâne, sergent ! qui a donné asile
Et qui est de l'orgueil et bêtise un fourreau,
C'est celui d'un Tyran « le sergent Cran Bourreau ».

Bourreau ! Il dit : Bourreau... Tyran ! Oh ! il m'outrage...
Caporal Bonnenfant ! modérez le langage,
S'écria le sergent d'une voix la plus haute,
Vous venez de commettre une très grave faute
Que je ne puis laisser tolérer de la sorte.
Je vous « colle » deux crans.....
.....Collez-les..... Que m'importe.....!
Riposta le cabo.....
..... Et le motif au bout,
Compléta le sergent. Je raconterai tout,
Cela vous apprendra un peu la discipline

Et vous-même? sergent ! avant que je m'incline,
Que vous veuilliez ou non, je vais donc vous apprendre
Que pour un supérieur — vous devriez le comprendre —
Le plus grand des « Devoirs » en tout temps est celui
Que de son inférieur, il exige de lui.
C'est d'abord, avant tout, le rôle de tout Maître
« Respecter son valet autant qu'il voudrait l'être »,
L'ignorez-vous sergent? vous devriez le savoir.
Là ! est la discipline ; et surtout le « Devoir ».
Est-ce en brutalisant ce pauvre malheureux
Que votre acte de « Brute » a rendu plus fiévreux,
Que vous croyez servir, tel qu'on le doit, la France?
— Contemplez cette face empreinte de souffrance —
Or, chez nous, le soldat ne veut pas être au bagne,
Et un « garde chiourme » est bon pour l'Allemagne
Et quoi de surprenant ! parfois : « Quand on déserte »,
— Souvent d'un bon Français, vous en causez la perte —

Assez ! tonitrua le sergent demi-fou
D'une voix dont l'effort fit gonfler son gros cou.
Vous en avez trop dit. Votre ton me déplaît.
C'est « Moi » qui suis le « Maître » et fais ce qui me plait.
La Ferme ! Et subito ! Respectez mes galons,
Caporal, garde à vous ! et joignez vos talons,
Puis saluez aussi. Je le veux... Je l'ordonne !
Obéissez, sur l'heure, à l'ordre que je donne
Si vous ne voulez pas que le motif se corse

Car vous m'obligeriez recourir à la force.

Sergent ! je ne suis pas esclave que je sache !
En plus d'être un bourreau, vous devenez un lâche !

Un lâche ! Un lâche ! Moi ? s'insurgea cette fois
Le sergent menaçant... Un lâche ? Non, des fois... !
Voyez-vous ce cabo... cette « gueule d'empeigne »,
Ah ! tenez de ce lâche, encaissez cette « beigne »
Et élevant son bras, et la main large ouverte,
Il l'abattit soudain.....
..... Mais le cabo alerte,
L'œil perçant, en éveil, pressentant le combat,
Arrêta cette main avant qu'elle tombât.
Encerclant le poignet, dans ses doigts fins, nerveux
Il dit : voici comment on dompte les « morveux ».
Lâche, bourreau, tyran, morveux, brute accomplie,
Vous pourriez encadrer le tout en panoplie.
Et pour si peu que vous continuiez encor,
Vous risquez, d'une étoile, embellir le décor.
Sergent ! vous en prenez sûrement le chemin,
Il ne vous manque plus qu'un poignard à la main,
Cette main dont je tiens le poignet fermement,
Faut-il que je le serre un peu plus fortement ?
Que j'en fasse craquer les os ; que je les brise... ?

Assez ! oh ! lâchez-moi ! rugit dans une crise,
Le sergent qui sentait un étau se serrer.

Sergent ! pour que ma main puisse se desserrer
Et que de votre bras, je fasse l'abandon,
Vous allez sur le champ *lui* demander pardon.

Et traînant le sergent qui de rage suffoque,
Le Cabo le poussa, comme on fait d'une loque,
Au chevet du malade. Allons à deux genoux !
Reconnaissez vos torts ; et puis excusez-vous.
Ce ne sera qu'après que je vous lâcherai,
Et que le « Garde à vous » dès lors, j'obéirai,
Sergent ! toujours ainsi devant la discipline,
Tout bon soldat de France avec respect s'incline.
Sans discipline... ? Adieu ! belle-Terre de France.
Notre Patrie alors, boiterait sans défense,
L'armée on le sait bien s'impose pour sa garde
Et la discipline est d'Elle sa sauvegarde.
Or, toute discipline, il faut la reconnaître
Par l'exemple des chefs, c'est là ! qu'elle doit naître.
Sergent ! je vous en prie... ! Allons, relevez-vous... !

Alors, le caporal, se mit au « Garde à vous »
En joignant les talons. Puis faisant un demi-tour,
« Au pas accéléré » descendit dans la cour.

Et le sergent dompté, pris de remords, peut-être?
Honteux, pour une fois, d'avoir trouvé son Maître,
Qui lui avait donné d'aussi belle façon,
Comme il la méritait «une rude leçon ».
Triste et piteusement descendit à son tour,
D'un pas lent et pesant « au rapport dans la cour ».

Hélas? bien trop souvent, dans toutes les casernes,
On voit des « Sergents Crans » mieux dit : Vieilles badernes

Or, si la discipline, on la veut grande et forte,
« La Justice doit être au fronton de sa porte ».

LES PROFITEURS

> Et ton nom paraîtra dans la race future
> Aux plus cruels tyrans une cruelle injure.
>
> RACINE.

> Le premier degré d'injustice, c'est de prendre plaisir à voir mal faire; le second est de mal faire; le troisième est de n'empêcher point de mal faire quand on le peut
>
> Michel de L'HOPITAL.

Un jour que j'étais seul dans mon petit bureau
Un homme, grand et maigre, aux yeux vifs de taureau
Vint me rendre visite ; et... poli... mais, comment !
Me dit : Bonjour, Monsieur. Ce n'est pas un dément
Qui se permet ainsi, sans façon, de venir
Vous confier un bien surprenant souvenir.
D'abord, excusez-moi, de vous gêner, sans doute !

Et l'homme m'ayant plu, je dis : Je vous écoute,
Approchez, je vous prie, et mettez-vous à l'aise
Redis-je en désignant de la main une chaise.

Et l'homme alors s'assit, puis de moi s'avança,
Après avoir un peu toussoté, commença :
. . . .

Monsieur, n'est-ce pas vous qui avez « fait » un livre
Qui reproche aux « Méchants » leur « malfaçon » de vivre ?
Oh ! je sais que vous-même avez peu de succès
Et c'est pas en crevant des Méchants leurs abcès
Qu'on pourrait en avoir. Ce sont pas ces systèmes
Qu'aiment les éditeurs. Faut traiter d'autres thèmes.
Des thèmes que souvent la morale réprouve,
Ceux-là se vendent bien et partout on les trouve,
On les prône, on les vend ; qu'importent leurs auteurs!
Ça rapporte toujours de l'or aux éditeurs.
On flatte les passions avec grande abondance
On enseigne le vice en toute indépendance.
Et pour ça l'éditeur ouvre toujours sa porte,
Et du reste, la preuve est celle que j'apporte.

Et l'homme, se fouillant, retire un manuscrit.
Monsieur, fit-il, voici : ce que j'avais écrit.
Si le texte en est bref, en revanche il est brave.

Mais voilà, il parait qu'il est un peu trop grave,
Il le faudrait nourri d'une toute autre essence.
Je vais vous le laisser ; prenez-en connaissance.
En attendant, tenez, voyez donc cette page,
Vous aurez l'avant-goût sur le fonds de l'ouvrage.
Et ce disant, notre homme ouvrant son manuscrit,
Pointant de son index quelques lignes d'écrit
Déposa devant moi sa brochure modeste.

Comme suggestionné, oh ! cela je l'atteste...
Suggestion que veuillez ne pas trouver stupide
Je jetai mon regard sous son index rapide.
Après quelques instants d'un calme religieux
J'opinai : cet ouvrage est fort élogieux.
Si le style est léger, son souffle en est puissant,
La « Vérité » jaillit dans un jet vif, cassant.
Mon cher ami, l'on voit, vous ne ménagez guère
Tous les « indésirés » profitèurs de la guerre.
Cette brochure-là est bien à point venue
Elle mériterait d'être par tous connue
Par « tous » je dis, j'entends : tous ceux qui ont souffert ;
Et des horreurs, vécu sur le front tout l'enfer.
Avez-vous essayé d'en parler à la presse ?

Ah ! oui !... sursauta l'homme ; ah ! parlons de la presse !...
Eh oui !... ces « Haut parleurs » dénommés les « Journaux »
Et sauf quelques petits « canards » régionaux
Qui « eux » m'ont fait l'honneur de prôner mon ouvrage
Eh bien ! « les gros bourreurs » n'ont pas eu ce courage.
Pour chaque rédacteur, choisis un exemplaire
Qui ne dût pas avoir le don de bien lui plaire
Et je dois préciser que ce fut à eux-même
Que j'en fis la remise. Et j'ajouterai même
Qu'à chaque gros journal, pour être plus certain
M'en fus en remettre un de la main à la main.
Mais l'un de ces journaux, surtout, *je le souligne*
Ce fut à « Jicquéjac » c'est ainsi qu'il se signe
Monarque du « Bourreur » à qui je le remis
Et celui-là pourtant m'avait très bien promis
D'écrire quelques mots sitôt qu'il l'aurait lu
Bien sûr, c'est pas l'ami du « méprisé » poilu
Et la preuve, à l'instant, je vais vous la donner.
Monsieur ! encore un mot, veuillez me pardonner ;
Puis j'en aurai fini...
...Poursuivez s'il vous plait
Ce que vous m'exposez m'intéresse au complet
Dis-je, l'interrompant...
Et l'homme alors reprit :

Ah ! Monsieur, j'ai noté le tout dans mon esprit.
Imbécile de moi ! pouvais-je donc prétendre
Un bon accueil de ceux pour qui j'étais peu tendre...
Et devais-je espérer la bibliographie
D'une « œuvre » qui était d'Eux la biographie ?
Donc, j'attendis en vain... mais hélas ! comment faire ?...
Car je ne voulais pas laisser là cette affaire.
Si je suis de ceux-là qu'on nomme « rimailleurs »
J'ai rimaillé surtout contre les grands voleurs.
J'aurais beau m'inspirer de vers dans autre source
Pour tant qu'on me promette à remplir gros ma bourse
Je serais impotent à taquiner la Muse
Tandis qu'inversement ce que j'écris m'amuse,
Et me vide au surplus le trop plein de mon cœur.
Après tout... le Poilu, n'est-il pas le vainqueur ?
Or, je suis un poilu, par force, involontaire ! ! !...
Je l'avoue, et dès lors, je ne pourrais me taire.
L'on nous fit « dévorer » pour l'honneur du drapeau.
Qu'avons-nous récolté ?...
« La misère et... la peau »...
Pendant qu'on terrassait le plus vil des empires
Des lâches embusqués transformés en vampires
Flibustiers et banquiers, et tant d'autres fripouilles,
Spéculaient sur « tout » exploitaient nos dépouilles.
Ah ! cher monsieur, tenez pardonnez ma rancœur,
J'en ai tant voyez-vous entassé sur le cœur.
Le tout sur mon ouvrage au mieux, j'ai condensé
Ecrit comme j'ai su ; mais tel que j'ai pensé
Lors, pour en revenir à nos très grands « Bourreurs »,
Aux quotidiens géants et à leurs empereurs,
Constatant qu'ils gardaient un silence absolu
Et qu'on ne « roule » pas ainsi un vieux Poilu,
Je décidai d'aller voir l'un des rédacteurs
Qui devait annoncer mon « œuvre » à ses lecteurs.
Presque, il l'avait juré, d'un beau geste sévère.
Dès lors, je ne pouvais que le croire sincère.
Mais je vais vous apprendre — et l'histoire se corse —
Pourquoi ce rédacteur dût incliner son « torse »
Devant les potentats puissants de la finance.
Je vais le résumer... j'en ai bien souvenance.
Cher Monsieur ! me dit-il ; Oh ! ne m'en veuillez pas
Si malgré mon désir à plaider votre cas
Je n'ai rien fait. Hélas ! voyez-vous mon ami !
— Il était si gêné qu'il me traita d'ami —
Donc, il me dit : Hélas ! cher ami ! voyez-vous,
Si je n'ai rien écrit sur mon journal pour vous
En voici les raisons. D'abord, veuillez admettre
Que votre ouvrage est « l'œuvre éclatante d'un Maître ! »

— Encore un compliment — mais passons à la suite,
Echantillon parfait « d'épave » d'un Jésuite,
D'un laquais ou larbin quelconque le portrait...
Car d'après ce qu'il dit, hélas ! il paraîtrait
Que son journal contient des administrateurs
Qui sont plus ou moins de parfaits « Profiteurs ».
— Dans ces conditions... comment prôner mon Livre !
Et puis, par dessus tout, ne fallait-il pas vivre ?
Si j'avais, conclut-il, signalé une page,
Une ligne, un seul mot, de votre bel ouvrage
Je courais le gros risque — et cela c'est certain —
En perdant mon journal, de perdre aussi le pain.
Que pouvais-je objecter à ce rédacteur-là ?
En tout temps, pour certains, « la voix du ventre est là ».
Mais si, pour quelques-uns la misère est coupable,
Ce qui, dans pareil cas, peut être pardonnable,
Car il est toujours dur de se nourrir d'ivraie,
Il n'en est pas ainsi pour cette histoire « vraie »,
Car notre rédacteur n'était pas sans argent,
Il était bien loin d'être : un « gueuzard d'indigent ».
Qu'importe ! à ce « repus » ou d'autres qu'un mal règne,
Et que le « tout petit » ou périsse ou qu'il saigne,
Et si le mal existe? Il ne faut pas l'abattre...
Car ce « Mal « lui profite... or, pourquoi le combattre?
Il ne veut pas souffrir. Peu lui chaut ! tout le reste,
Ventre, pavane-toi... Gonfle-toi sous sa veste !

Monsieur, merci beaucoup de votre attention,
Mais voici le final et ma conclusion,
Ah ! ceci, peut-on dire, en est le fin bouquet,
Et vous-même, Monsieur, vous l'aurez remarqué ;
Car les murs étaient pleins d'affiches et « placards »,
Au surplus, l'encre à flots coulait dans les canards.
Oh ! pour « canards », j'entends toujours les Grands [Monarques]
Ceux qui n'ont jamais craint les ciseaux d'or des Parques.
Ah ! vous parlez quel zèle ardent de polémiques,
De chants mélodieux, d'immaculés cantiques,
Enfourchant le « dada » des Harpes et des Lyres
Pour que le candidat qu'il s'agissait d'élire
A tout prix soit « le leur ». Et de tous ces efforts
Naquit un protecteur des Repus coffre-forts,
Monsieur, vous avez vu quel fut ce nouveau-né
De « Parlementateur ». — Un Profiteur damné !
Comment après cela, pourrait-on sur la terre
Détruire à tout jamais les horreurs de la guerre ?...
Car tant qu'il y aura parmi tous nos élus
Des « Profiteurs de guerre » au lieu de « vrais poilus »

Ou bien à leur défaut « des travailleurs honnêtes »
L'hydre affreuse de guerre *ailera* sur nos têtes.
Et pour avoir la paix sur la terre de France,
Il faut aux « profiteurs » une « Protubérance »
Qui les détruise tous d'une forte fusion.
Voilà mon cher monsieur, toute ma conclusion.

Mais mon très cher ami, ce que je viens d'apprendre
Ne saurait croyez-le nullement me surprendre
De tout cœur avec vous, les sentiments partage
Et puisque vous voulez, j'accepte l'héritage
Que vous me confiez, oh ! provisoirement,
Je le lirai, c'est sûr ! très sérieusement.
Et mieux ! je vous promets que j'en écrirai même
Un résumé succinct dans un brûlant poème.

Que le lecteur pardonne à l'auteur de ces vers
Si un cri de révolte y rayonne à travers ;
Et qu'il pardonne aussi au « pauvre rimailleur ».
C'est un « pauvre » poète à l'instinct « chamailleur »,
Mais contre de parfaits reptiles exécrables :
Ce sont « les Profiteurs de guerre Indésirables ».

?

Si satisfaction vous voulez qu'on vous rende,
N'oubliez donc jamais une quelconque offrande,
Oh ! n'attendez onques qu' « Elle » vous le demande.
De lièvres ou poulets « Elle » en est très gourmande,
Aussi de fin gibier bien choisi sur commande,
Des perdreaux « braconnés » avec ou sans amende,
Des bécasses aussi « Elle » en est très friande.
Des lapins de garenne, un faisan ou faisande,
Et clôturant la liste, enfin de ces prébendes
« Tout gibier domestique ou des forêts et landes ».

Ah ! je le comprends bien ! vous êtes dans le doute,
Mais je vais cependant vous mettre sur la route.
Fouillez vos souvenirs, anciens, nouveaux, qu'importe !
N'avez-vous donc jamais frappé à quelque porte ?
Si vous êtes « lesté » qu' « Elle » en sente un bon flair
« Elle » vous recevra vite comme l'éclair.

Et cette belle dame ou gente damoiselle,
Facile à deviner pourtant ! qui donc est-elle ?

Si ceci est écrit avec sévérité,
C'est que l'exige ainsi la pure « vérité ».

JUSTICE

La Justice est le pain du peuple. Il en est toujours affamé.

CHATEAUBRIAND.

Les lois sont comme des toiles d'araignée, les petites mouches y sont prises, les grosses brisent la toile

ANACHARSIS.

Suivant que vous serez puissant ou misérable,
Les jugements de cour vous rendront blanc ou noir.

LA FONTAINE.

) Justice ! au grand J...... je t'honore et respecte,
Mais celle au petit j...... sois honnie ! ô infecte... !

....

) Thémis ! blanche Astrée... ô beau nom des vieux Mythes
Mais ton manteau d'hermine est rongé par les « mites »,
:ar parfois l'on te traîne ainsi qu'un cul-de-jatte,
)u bien clopin-clopant un gros câble à la patte.

Et pendant que tu dors ô « justice » passive !
.e spéculateur fait sa « betite » lessive,
Souvent les gros filous comblent leurs appétits,
En concassant de l'or sur le dos des « petits ».
.e « tout petit » qui vole un pain ou analogue,
Plusieurs jours de prison en seront l'épilogue.
.e « gros » qui volera des millions de francs,
Sa peine de prison n'est jamais « marc le franc »,
:ar on le trouvera toujours irresponsable,
.a « justice » dira : Il est fou, excusable... !
Pour le « Petit » oncques liberté provisoire,
Pour les larcins des Gros, la peine est dérisoire,
.a « Justice » pour eux, et même assez souvent,
S'excuse en les laissant libres comme le vent.
Mais si tu es « petit » prends garde ô pauvre gas !
:ar la « Justice » à toi, ne te « râtera » pas.
Pour les « faibles » toujours elle est en grand éveil
:e n'est que pour les « Forts » qu'elle reste en sommeil.
.'or fait toujours traîner quelconques jugements
Appels et contre-appels, référés, sont gourmands.
:eci permet toujours à nos grands flibustiers
En donnant « un » aux Lois se garder « neuf » entiers.

O mes frères mortels ! mais vous, hommes honnêtes !...
Dont l'honneur fait de vous « poires », pommes rainettes.
Pour vous l'Honneur c'est beau ! vous y tenez beaucoup
Pour « lui » vous vous feriez plutôt couper le cou...
Que d'en céder une once. Et votre entêtement
Vous traîne à la misère ou la mort bêtement.
Eh oui ! même à la mort si vous n'y prenez garde
Que ce soit de bon gré ou même par mégarde.
Pour vous, l'honneur c'est « Tout ». Il faut pas qu'on y
[touche,
Dussiez vous pour cela « couturer » votre bouche.
Vous voulez en tous lieux pouvoir « lever la tête »
Pour garder votre honneur, souffrir comme une bête.
Etre honnêtes ? C'est beau, c'est grand... majestueux !...
C'est le vocabulaire ancien des vertueux.
La vertu et l'honneur sont de « belles » parures
« Beaux » corps dans un « beau » cadre aux plus « belles »
[dorures.
Avec tout ce bagage et « belle » référence
Vous pouvez essayer de parcourir la France
Frappez à chaque porte, implorez de l'ouvrage
Ou encore un appui pour venger quelque outrage
Et dites bien partout « Messieurs je suis honnête »
Je réclame « Justice » intégrale et très nette.
Mais si vous n'avez pas d'autres nerfs à l'appui
La « Justice » c'est sûr restera dans son puits.
Car de vous triste gueux « honnête » on se riera
Si ce n'est pas encor, vous que l'on coffrera !

....

Et pendant ce temps, où, poursuivant votre route,
Persistant à garder l'honneur coûte que coûte,
Vivrez en paria, en chien pelé, galeux,
D'autres, soyez certain, seront moins scrupuleux.
Ils vivront largement dans le luxe et plaisirs
Ne se privant de rien, comblant tous leurs désirs.
Le produit de leurs vols, leur permet ce bonheur,
Car pour tout « Profiteur » c'est cela qu'est l'Honneur.
Et l'on voit, écœurés, que ces « Indésirables »
Sont décorés, souvent, comme gens honorables.
A ceux-ci, la « Justice » est souvent douce ou lâche,
Elle ménage l'un, craint que l'autre se fâche.

Et la « Justice » est faite hélas par « de ces Hommes »
Qui ont besoin, parfois, des filous quelques sommes,
Des galons ou encor coup d'épaule en passant,
Car tous les « Grrrands filous » sont toujours Tout-Puissants
La vie est ainsi faite... Et... on n'y change rien...
Et souvent l'honnête homme est pris pour un vaurien.

« Justice » et tes « lois » si je vous ai rimées,
'est parce qu'un peu trop vous êtes périmées.
'ais Pégase exalté fumant de ses nascaux,
e pourrait à mes vers tolérer les ciseaux.

Justice ! au grand J... je t'honore et je t'aime,
'ais celle au petit j... c'est l'horreur du blasphème.
our le même délit, le pardon dans le Nord ;
u Sud peine légère ; et au centre la Mort.

conclus en priant qu'on ne s'étonne pas,
je chante bien Haut, ce qu'on pense bien bas.

MAXIMES ET PENSÉES

Si tu vas te coucher affamé de ration
Au réveil, tu auras souvent maigre portion.

Mieux vaut vieux grabat acheté
Qu'un lit moëlleux emprunté.

Celui qui n'a aucun ennemi qui le guette
C'est qu'il n'est ni savant, ni riche, ni poète.

Si onques, par hasard, tu perdais ton argent,
Tu le trouveras mieux seul qu'aidé d'un agent.

Si ton cœur est trop large et trop ouvert en main,
Crois moi, fais attention de le perdre en chemin.

Tu ne prendras jamais plus qu'il ne t'est besoin,
C'est le meilleur moyen pour que tu ailles loin.

Laisse parler tes yeux, ton nez, ta bouche même,
Mais n'obéis surtout qu'à ton ventre qui t'aime.

Si tu veux traverser fleuve, mer ou ruisseau,
Cherche ! tu trouveras passerelle ou bateau.

Le bonheur ne saurait s'acclimater sur terre,
Pour qu'il puisse y régner ? Il faut « tuer la Guerre ».

En tout temps, le bonheur tenaillera d'envie,
Et quand tu le tiendras, il coûtera ta vie.

our être pris en un Monsieur de condition,
'est pas : d'être un « Richard », mais c'est l' « éducation ».

uand une femme veut, il vaut mieux de se taire
u à défaut, tenter d'exiger le contraire.

our si fort qne se croit un immonde coquin,
est roulé, parfois, par un simple faquin.

amais ! un ignorant ne tente de convaincre,
eul ! un autre ignorant comme lui peut le vaincre.

u gagneras toujours d'avoir pour compagnon,
n plus savant que toi, au lieu d'un « anosson ».

ien souvent ce n'est pas le petit fil qui casse
arfois, c'est un très gros de mauvaise filasse.

Qu'il soit ton avocat, ton prêtre ou médecin,
De toute « vérité » ouvre-leur le chemin.

Si chez toi, un ami s'introduit au grand trot,
Tu peux te méfier, il repart au galop.

Tout travail que tu fais sans goût ni vocation,
Change-le pour celui d'une autre condition.

Si tu as des enfants, reconnais-leur un Père,
Sinon, pauvre de toi! gare! d'Eux et la mère.

Ne te crois pas ruiné ou bien déshérité,
Si avec ton argent tu perds ta vanité.

Quand tu croiras être assez riche afin de bâtir un château
D'abord, compte bien ton argent, bourse tournée à fleur
[de peau.]

Si jamais le soleil n'entre par ta fenêtre
Ton docteur, très souvent, chez toi, pourra paraître.

Si tu as la santé ne la gaspille pas,
C'est un « Trésor », vois-tu, le meilleur d'ici-bas.

Parmi la joie et plaisirs, il est toujours des douleurs,
Ainsi qu'au plus beau jardin sont épines avec fleurs.

Tu ne diras jamais : Je le ferai demain...
Demain! n'est jamais « sûr », aujourd'hui! c'est certain.

Quand l'éducation de quelqu'un est bien faite,
Il est sur le chemin d'être quelqu'un d'honnête.

Si c'est un imbécile ou un esprit « borné »,
Ton verbe le plus clair n'éclaire qu'un « mort-né ».

Comme l'escargot est : de sa maison l'esclave,
De l'assassin, son crime est « remords » qui l'enclave.

Si par hasard quiconque on rosse ou assassine,
Le « gendarme » paraît quand la mort se dessine.

De nos grands flibustiers, leur philtre d'innocence
Est forte mâne d'or pesant sur la balance.

L'or est immunité contre les procédures,
Ramassis d'appétits, d'égoïsme ou d'ordures.

L'intègre magistrat de n'être pas « brisé ».
Des puissances de l'or est parfois maîtrisé.

S'il est des magistrats riches d'honneur en soi
Souvent l'or « Tout-Puissant » leur impose « sa Loi ».

***

Les procès, sont comme une locomotive sous pression, mais dont le démarrage est immensément dur, difficile et compliqué, étant sans force suffisante pour entraîner ses wagons dont la charge débordante les fait plier sous le poids écrasant des « procédures ».

Ainsi que la tortue, ils marchent à pas lents,
« Encéphalitarés », tant ils sont somnolents.

Si tu es affamé ne le dis à personne,
Car tu perdrais ton temps, n'attends pas qu'on te donne.
En racontant ton mal, dont tu dois t'épargner,
Tes amis, sois certain, tu risques d'éloigner.
« Mais c'est dans le besoin qu'on voit les vrais amis.
Car c'est par le malheur, qu'on les « crible au tamis ».

Si tes biens sont en Amérique
Et si tu habites en France,
Souvent, tu auras la colique
Ou la misère en abondance.

Pour faire croire aux gens que tu es un « vaillant »,
Quoique tremblant de peur, montre-toi — bataillant —
Et pour rester toujours « champion » du courage,
En face d'un danger, ne dis rien... sois bien sage.

Quand tu mettras tes pieds sur du bonheur en tas,
Sois certain qu'aussitôt, tu feras un faux-pas.
Et le bonheur heureux de ta dégringolade,
S'empressera de fuir en grande cavalcade.

L'honneur est un oiseau
Très délicat et rare
C'est un fier damoiseau
Exempt de toute tare
Car il ne se nourrit que des plus « justes » causes
Les plus saines aussi, et les plus belles choses.

Si quelqu'un te blessait en ton corps, ou ton cœur,
Ne perds jamais courage afin d'être vainqueur.
Il ne faut pas « jamais » songer à la défaite,
Combats avec l'espoir de la victoire au « Faîte ».
Crôis-moi sur cette Terre
La vie est une lutte,
Elle est souvent en guerre
Et toujours en dispute.

C'est une fois par jour que tourne notre monde,
Et chaque femme tourne en un clin de seconde,
Mais la femme le fait au bon gré de sa tête,
Et l'homme tourne au vent comme une girouette.

Si tu as un commerce et beaucoup d'acheteurs,
Ton commerce est mauvais, s'ils sont mauvais payeurs,
Mieux vaut moins de clients, et qu'ils te payent bien,
Quoique, à pas tout petits, tu feras ton chemin.

Si un mal, par hasard, venait à te frapper
Le pneu de tes soucis crève sans hésiter.
Si tu veux être heureux, prends tout du bon côté,
C'est un remède sûr pour ta longévité.

Si tu ne pouvais pas te payer du champagne,
Plutôt que d'emprunter, bois petit vin d'Espagne.
Si tu ne peux encor boire de celui-là
Tu boiras ton vin blanc fait de bon chasselas,
Et si tu n'as chez toi, ni blanc ni d'aucun vin,
Quoique dur, prive-t-en, ne t'endette de rien.

Jamais ! tu ne diras : J'ai la récolte belle
Qu'autant que tu auras dépiqué la « gabelle ».
Et surtout, ne dis pas : l'année est excellente,
Tant que tu n'auras pas touché « bien nette rente ».

Si tu dois voyager éloigné de chez toi
Pendant un temps très long, tu feras bien, crois-moi,
De « pas trop » te priver en aucune manière,
L'économie au loin souvent se paye chère.

Attention ! aux amis si tu es dans l'aisance,
Devant, ils sont flatteurs ; ailleurs sont médisance
Prends garde à leurs baisers donnés en avalanche,
Ces baisers sont « forcés » mais non d'une âme franche.

Les pieds froids et volcan
De fourmis sur ta tête
C'est fièvre en ouragan
Ou en forte tempête

Frisson qui te saisit
En sortant dans la rue,
Soleil qui t'éblouit
Ou fatigue la vue,
Gare à la congestion
Ou à l'insolation.

Tu seras toujours un sage,
Passant la nuit dans ta cage,
Et qui la passe dehors
Est aux portes de la Mort.

Si tu as deux grands yeux afin de regarder,
Et si tu as encore oreilles pour entendre,
Sans oublier aussi, ta langue pour parler,

Tout cela doit toujours te faire bien comprendre
Que de ce que tu vois ou entendrais médire
En tout temps, en tout lieu « la vérité en dire ».
Or, toute vérité est de divine essence
Car ellie garantit : la vertu, l'innocence.

Si tu veux bien travailler
Tâche de bien t'outiller,
Sinon, il vaut mieux pour toi
De ne rien faire, crois-moi !
Si malgré cette « avisette »
Tu voudrais faire à ta tête.
Tente donc quelque ouvrage,
Avec un piètre outillage
Ami, tu constateras :
« Tu te crève à tour de bras ».

L'aumône que tu fais ne peut avoir mérite
Si ce n'est en silence, et toujours en guérite
Lors, celui qui s'en flatte ou la fait au grand jour
Ce n'est que par orgueil mais jamais par amour.

Celui qui est un savant
Ne s'en croit jamais autant
Celui qui l'est que « moyen »
Dit qu'il sait très peu ou rien
Et qui l'est un petit bout
Se flatte qu'il l'est beaucoup.

Qui en possède dix en voudrait avoir cent
Et quand il en a cent, alors, ce serait mille
Et suivant de la sorte, en délire incessant
Quand il arrive au bout, un souffle le « déquille ».

Le vrai chemin d'un joueur
C'est le même du voleur
Le premier peut finir fou
Le second la corde au cou
Et « Fol » est si triste sort
Qu'il est pire que la mort.
Ne jouez donc jamais, contentez-vous de peu
« Petit sou que l'on tient, vaut mieux qu'un « gros » enjeu

Faire l'aumône aux gueux, c'est être charitable
L'inviter à dîner est amour véritable
Semblable dévouement est impossible à l'homme
Seul ! Jésus-Christ le fit, mais c'était un « sur-homme ».

L'essence qui dégage un doux parfum divin,
Que ne peut respirer la pauvre humanité,
Et que les parfumeurs rechercheront en vain
C'est celle que produit la fleur « Félicité ».

L'influence est un bijou
Qu'il faut ménager beaucoup
Car, si trop on abuse d'elle...?
Quand il faudrait elle chancelle.

Toujours la femme et l'homme en faisant mariage
Font tombola de « Dieu » ou « démon » en ménage.
Si c'est Dieu, c'est un ciel tout ouaté de fleurs,
Mais si c'est le démon, c'est un enfer de pleurs.

Si tu rends un service et qu'un autre on t'en rende
Semblable ou deux fois plus ; à ceux-là tends la main.
Mais celui qui te fuit pour ne pas qu'il se « fende »,
Ne lui cours pas après, mais prends autre chemin.

Envers tout acte criminel
Point de « secret professionnel »,
Le vrai « devoir » est de parler
Et grand « Honneur » tout dévoiler.
Car de se taire on risque à « faux »
Traîner le « Juste » à l'échafaud.

Fustigez le méchant tant que vivez sur terre,
Vous serez, soyez sûrs, brisés comme du verre,
Mais flattez le puissant dans son âme ulcérée,
Votre œuvre sera d'or, et même décorée.

L'amour « vrai » n'est-il pas
Le « vrai » but de la vie?
Seul bonheur ici-bas
Qu'on aime ou qu'on envie!...
Car sans amour sur terre,
Hélas ! quel affreux songe
Quel néant ! Quel mystère !
Vide comme une éponge.

Ni l'Or du monde entier,
Pas plus que ses richesses
Ne pourrait égaler
Les divines caresses,
Qu'à son bébé tout rose
Sur sa bouche mi-close,

Mieux qu'un baiser d'amant,
Dépose la maman.

Jésus-Christ et Jaurès ont eu deux âmes sœurs
Toutes deux ont vibré dans les mêmes douleurs.
Jésus prêcha l'Amour et la Fraternité,
Jaurès les défendit aimant l'Humanité,
Et tous deux étant morts pour une même cause,
L'Humanité leur doit la même apothéose.

Serait-ce un crime d'être un chrétien ? et du « maboulisme » d'être un croyant? Ainsi que certains qu'on pourrait désigner, à juste titre comme les véritables « pauvres d'esprit » l'affirment. En tout cas, Bienheureuse et douce démence bien inoffensive que *« j'envie »*, car, n'est-ce pas l'espoir et le soutien « vrai » de tous ceux qui souffrent dans *« l'enfer d'ici-bas »*.

Si Dieu ce Grand Mystère impénétrable existait, c'est ainsi que je le concevrais : « *l'Infaillible Toute-Puissance de la bonté et de la Justice* ». Il ne peut pas être un affreux et atroce bourreau, catastrophe que ma raison, aujourd'hui mûrement réfléchie, se refuse à admettre.

Une seule force au monde, une force unique, une force certaine toujours domptera l'homme méchant et féroce : *La crainte de l'Inconnu.*

Quand le riche donne Un, le pauvre donne Mille.

Malgré que tu possèdes ton cœur trop ouvert dans la main et que tu coures ainsi le risque de l'égarer ou le perdre en route... donne quand même... car sur « Mille il y en aura certainement Un qui te bénira ».

L'exemple donné est le meilleur des maîtres.

Est un « Saint » quiconque s'élève à la recherche de la « Vérité » et de la « Justice » car il se rapproche de Dieu. Quiconque « les possède est un « Ange » et qui les méconnaît ou les piétine est un « démon ».

Bienheureux les simples d'esprit,
Le royaume des cieux leur appartient.

(Evangile).

On ne saurait trouver ceux qui « croient sincèrement en Dieu » que parmi les pauvres et les ignorants ;car Dieu qui est représenté comme étant la bonté même, ils aspirent et espérent en une vie meilleure dans un autre monde. A ceux-là, je leur donnerais toute ma confiance, car, pour plaire à Dieu, ils sont incapables de toute action malhonnête, et de....trahir.

Il est plus facile de faire entrer un chameau dans le trou d'une aiguille qu'un Riche dans le royaume de mon Père.

(Evangile).

Chez les « Richards », (à l'exclusion de quelques « très rares bons riches »), il ne saurait y avoir que des « faux dévots », car, s'ils croyaient en Dieu, il n'y aurait pas un seul multi-millionnaire » qui hésitât une seconde pour donner tout (ainsi que le firent Saint Cyprien et Saint François de Salles) ou partie de ses biens à des œuvres de bienfaisance ou à des malheureux, pour être pauvres eux-mêmes afin de *ne plus être comparés au chameau et le riche de l'hyperbole du Christ, et mériter le Ciel.*

DIALOGUE

EXORDE

Si Dieu n'existait pas, il faudrait l'inventer.

VOLTAIRE.

Combien nombreux sont ceux-là, qui de leur vivant, « s'égosillent » à crier : qu'ils ne croient à rien, que Dieu n'existe pas et qui, au seuil de l'éternité, se mourant de remords, « s'égosillent » *de plus fort* à réclamer... le Prêtre. C'est pour ceux-là, mais ceux-là seuls! que vous serez vous, le croyant, le positiviste, ou le chrétien, suivant les circonstances : un ignorant, un imbécile, un « âne bâté » ; mieux : un ignoble « Réac », gros mot à la mode.

Pour cela : Seuls, ne sont honnêtes et foncièrement « rrrépublicains », que ceux qui sont athées.

Les malheureux!

Ignorent-ils que Jésus crucifié mourut par volonté posthume, vêtu d'une robe « rouge » image de ce que fut toute sa vie.

N'était-ce pas un symbole?

Et n'est-ce pas de l'histoire?

Et qu'on ne réponde pas, pour vouloir prouver que Jésus-Christ n'a jamais existé, comme certain membre de l'enseignement s. v. p. que l'histoire est fausse! Horreur! A moins que cet « historiateur » ne confonde l'histoire vraie avec l'histoire romantique, fantaisiste des Alexandre Dumas, Ponson du Terrail, Michel Zévaco, etc.., qui n'est qu'un merveilleux ouvrage de broderie dont la plume est le crochet.

L'Histoire fausse? Autant vaut-il confesser que Pasteur n'a pas existé!

Heureusement que pour l'enseignement et l'humanité l'opinion et l'exemple de ce mauvais apôtre qui peut s'appliquer aussi à certains prêtres et magistrats n'est pas général. Il y a des brebis galeuses partout, et quel est le champ de blé ou l'ivraie ne pousse pas?

Et à l'exemple de Jésus :

Plaignons ces hommes de peu de foi et pardonnons-leur car ils ne savent pas ce qu'ils font.

PERSONNAGES

1. Le Croyant. — 2. L'Athée. — 3. Le Philosophe.

LE CROYANT. — Je vous dis que Dieu existe.
L'ATHÉE. — Je vous dis que Dieu n'existe pas.
LE CROYANT. — Je vous redis qu'Il existe.
L'ATHÉE. — Et moi je vous répète qu'Il n'existe pas.
LE CROYANT. — Vous êtes un imbécile.
L'ATHÉE. — Et vous, vous n'êtes qu'un âne.
LE CROYANT, *bondissant sous l'insulte.* — Répétez donc un peu.
L'ATHÉE, *courageusement.* — Oui, un âne ! même bien bâté.
LE CROYANT, *avec calme cette fois.* — Tenez, vous mériteriez une correction ; mais comme vous êtes libre de penser comme il vous plaît, fût-ce même les « âneries » que vous prêtez aux autres et que je ne veux pas me disputer en tentant de labourer un champ que j'aurais pu croire aride, mais qui n'est que « stérile » — je le crains fort — je vous laisse donc avec votre ignorance et... vos erreurs.
L'ATHÉE, *ironique.* — Oh ! ça ne m'étonne pas de vous. Et je reconnais là, que c'est bien la tactique des Jésuites que vous appliquez... Vous reculez... avouez que vous avez peur ?

LE CROYANT. — Oh ! pas du tout. Mais je vous ferai remarquer que vous me paraissez confondre « Jésuitisme » que je n'épouse pas, avec raisonnement libre « raisonné » qui mérite qu'on le « raisonne » avec la « raison » essence de la conscience.

Du reste, je vois venir l'ami philosophe, lui, va mieux nous expliquer...

L'ATHÉE, *moqueur.* — Ah ! le philosophe ! C'est un fou ! qui est toujours dans la... lune.
LE PHILOSOPHE, *intervenant.* — Qu'est-ce qu'il y a donc mes amis... Vous vous disputez ? Toujours les mêmes ! Vous ne changerez donc jamais ? Sûrement, que c'est encore le Père Eternel qui en est la cause !
L'ATHÉE. — Précisément.
LE CROYANT. — Et vous arrivez à point pour nous apporter un peu de vos lumières.
L'ATHÉE, *ripostant.* — Ou de vos ténèbres.

LE PHILOSOPHE, *avec calme.* — Allons, tout ça ce sont des mots, ne nous fâchons pas, car alors, on ne sait plus ce que l'on dit. Voyons, raisonnons un peu. D'abord, vous le croyant qui soutenez que Dieu existe. Eh bien ! laissez-moi vous dire que pour être plus près de la vérité : « Nous n'en savons rien ». Et c'est là qu'est le mystère.

De persister à le pénétrer c'est vouloir pulvériser un rocher géant avec le bout de ses ongles. Disons-nous simplement ceci :

Puisque nous pensons, nous raisonnons ; et cette pensée que le matérialiste pourrait appeler « fluide » (car tout être ou toute chose qui vit porte de l'électricité en lui) et que les spirites désignent sous le nom « d'Esprit » ; que cette pensée, dis-je, est ce souffle divin, peut-être ? que les croyants ont baptisé « âme ».

Au fond que peut bien être cette merveille ? Car la pensée en est « Une » en vérité ; mieux, un trésor privilégié de l'homme.

That is the question.

La question est et reste toujours posée.

Peut-être le voile se lèvera-t-il un jour ? A la science en résolvant l'une de lever l'autre. Dans ces conditions, le « positiviste » est en droit de dire : qu'il n'acceptera de « vrai » ou pour « faux » que ce qui pourra lui être prouvé ; et jusque-là il reste dans la spectative du sage philosophe qui, attendant la démonstration pour croire, confesse :

« A quoi bon disserter sur des choses sur lesquelles nous ne pouvons, en l'état de nos « faibles » connaissances humaines, que bâtir des hypothèses ».

Et dès lors, il conclut : « Je ne sais pas ».

Ainsi, ami croyant, ne vous formalisez pas si je vous dis que vous n'avez pas le droit d'enchaîner votre conscience et de mettre (veuillez me pardonner cet aphorisme) une « muselière » à votre pensée. Et en ceci, le moine breton Abélard (XIIe siècle), avait raison de dire : « comprendre pour croire ».

Tout homme « libre » ne peut pas, sans courir le risque de sombrer dans une basse et vile dégradation de sa dignité la plus noble et la plus haute (à l'exception des « faux dévots » peu recommandables et des « ignorants » ces derniers fort respectables car la sincérité les anime), tout homme « libre » ne peut pas, dis-je, confesser à l'exemple de Saint Augustin : « Je le crois parce que c'est absurde », ou bien encore comme Saint Anselme de Cantorbéry : « Je ne cherche pas à comprendre pour croire », ce qui est une aberration, étant donné que jusqu'à preuve du contraire (preuve que nous devons laisser à la science, je le répète, le soin d'établir et justifier par des recherches scientifiques, faites selon la méthode scientifique elle-même), Dieu, supposé comme ayant donné cette intelligence à l'homme, ce dernier *se doit, sauf à trahir Dieu lui-même,* d'utiliser cette intelligence.

Et dès lors, Dieu peut-il nous faire un crime de raisonner..... *chercher à comprendre pour croire....?*

....

Quant à vous, l'ami Athée qui affirmez que Dieu n'existe pas, je vous affirme de plus fort que vous et tous ceux qui, à tort ou à raison, font chorus avec vous, vous commettez, indépendamment d'une incalculable sottise, une erreur véritable et, peut-on le dire, « lamentable ».

Or, malgré toutes les démonstrations de vos maîtres en « athéisme » jamais (et c'est mon opinion bien étudiée et parfaitement arrêtée aujourd'hui — car je n'ai plus l'âge d'un jeune homme sans expérience de l'âge de vingt ans et moins encore celui où l'on s'amuse à fabriquer des « Père Noël » ou des « Châteaux de sable », jamais, dis-je, jamais! m'entendez-vous? vous n'arriverez à prouver la négation d'un Etre suprême, de Dieu, ou, si vous le préférez, tout autre nom qu'il plaira de le désigner. Et que de penseurs et de savants, parmi lesquels Pascal, Pasteur, Victor Hugo, Voltaire même qu'on ne saurait accuser d'ignorantisme sans commettre la plus effroyable des monstruosités y croyaient. Quant à moi, vous me permettrez, en la circonstance de donner à Dieu un autre nom, mieux approprié : c'est celui de « Grand Architecte de l'Univers », puisqu'en somme l'Univers étant supposé créé par Lui (admettons-le à défaut de preuves contraires qui n'existeront peut-être jamais) a donc été construit. Ceci étant admis, nous reconnaissons donc que toute construction n'est toujours que « l'œuvre d'un architecte ».

L'Athée. — Ami philosophe, vous raisonnez fort bien. Mais pourquoi donc votre Grand Architecte a si mal bâti cet Univers? Oui! Et pourquoi a-t-il créé le mal et le venin ?

Le philosophe, *toujours avec calme, mais souriant.* — Mais, sacré farceur, vous me posez là une question assez facile à résoudre. Si, autrefois (et les recherches, les fouilles dans le monde fossile et les découvertes progressives venant à l'appui de l'affirmation de la Bible le démontrent et le prouvent dans certains cas) si autrefois, dis-je, dans la préhistoire ou les divers âges que la Bible (et avant cette dernière les Chaldéens) se plaît à souligner sous les « Six jours de la Création » et que nos savants désignent par des époques diverses, chacune desquelles embrasse des milliers et peut-être des centaines de milliers d'années, si autrefois, redis-je, l'Univers n'était qu'un immense « Chaos », il faudrait et il faut admettre que « tout était confondu ». Or, ceci étant admis, le Grand Maître en question, pardon! ce Grand Architecte ou Dieu, si l'on veut, en mettant de l'ordre dans cet « immense chaos » fit donc un triage de toutes choses que nous pourrions comparer pour mieux me faire comprendre aux maximes « Maxim » :

Une place pour chaque chose et chaque chose à sa place.

De telle sorte qu'il établit :

Un équilibre universel.

Ou, si l'on veut encore, pour mieux préciser :

Un balancier indéréglable à mouvement perpétuel.

Et c'est ainsi et de cela que naquit le mal et le... venin que vous venez de me signaler.

L'Athée, *incrédule.* — Mais tout ce que vous venez de dire ne répond pas, mais pas du tout! à ma question que je repose, mais avec plus d'insistance et de netteté : Le mal et le venin, ces horreurs aussi nuisibles à l'Humanité que Dieu dans sa Toute-Puissance aurait pu et dû empêcher, pourquoi existent-ils? Dieu ne les ayant pu empêcher, ceci réduirait à néant, non seulement sa Toute-Puissance, mais aussi sa sagesse.

Le philosophe. — Mon cher Athée, je poursuis ma démonstration verbale. Prenons comme exemple un modèle d'en bas. « Un architecte humain » le plus adroit au possible. Je précise « humain » pour ne pas confondre avec le « Divin ».

Pour bien bâtir, en un mot, pour construire quelque chose de solide et de durable, il devra tenir compte de certaines lois dont la principale est celle de « l'équilibre », Et ici, nous revenons, malgré nous, à ce que je vous ai déjà dit : « l'équilibre universel ». Partant de ce principe « Dieu » Lui, a agi de même, en accomplissant en « Grand » ce que l'autre a fait en « miniature ».

Et de cet équilibre ou « gravitation universelle » d'après le physicien Newton, est né cette grande merveille, ce « tombeau de la curiosité humaine » comme l'appelaient les anciens... cet insondable infini... en un mot ce « Grand Tout » si troublant qui fait l'admiration de nos sommités astronomiques et les captive tant.

Et à présent, à mon tour de vous questionner :

Croyez-vous au bien?

L'Athée. — En voilà une question!

Le philosophe. — Y croyez-vous? Répondez-moi franchement.

L'Athée. — Oui, certes! Je ne puis le nier puisqu'il existe, quoique, hélas! à faible dose...

Le philosophe — Parfait, eh bien! mon cher ami, vous

avez vous-même, sans vous en rendre compte, trouvé la réponse à votre propre question.

L'Athée, *surpris*. — En vérité ! je ne vois pas... je ne comprends pas...

Le philosophe. — Et vous allez comprendre tout de suite. Puisque le « Bien » existe, il est indéniable qu'il ne pourrait être, si à côté et en contre-partie, le « Mal » n'existait pas, comme du reste en toutes choses.

Et comment concevriez-vous le « Bien » s'il ne pouvait s'établir une comparaison avec ce qui est « Mal ».

Faites disparaître celui-ci, et du même coup vous supprimez celui-là, mais alors? et aussi vous romprez cet « équilibre Universel » et... résultat : « Cataclysme», vous ferez renaître le « Chaos ».

C'est-à-dire que :

Toutes choses retourneraient à l'état primitif.

Au surplus, et si pour maintenir cet équilibre, au Mal correspond le « Bien », raisonnons plus vaste :

« A tout mâle s'impose une femelle ; comme au poison (que vous appelez le venin), le contre-poison ; au positif le négatif ; à la lumière, les ténèbres ; au jour, la nuit ; à la chaleur, le froid etc... et enfin ! *comme à l'amour qui crée, il y a la Mort qui détruit* ».

L'Athée, *toujours incrédule*. — Monsieur le philosophe, vous raisonnez admirablement, mais vous ne me convaincrez pas.

Le philosophe. — Qu'à cela ne tienne ! cher ami. Mais vous me permettrez cependant et encore de vous faire remarquer qu'il ne suffit pas de dire et d'affirmer que Dieu n'existe pas, souvent pour le plaisir de dire « Amen » comme son voisin, qui n'en sait pas davantage, où bien encore par crainte du « ridicule ». Il faut pouvoir le prouver.

Jusque-là... Enigme, et... Mystère. Ah oui ! cela fait bien... de crier sur tous les toits (souvent pour la galerie de certains auditeurs ; car « *au pays des aveugles, les borgnes sont rois* ».) que l'on ne croit à rien. L'on veut montrer qu'on est forts, qu'on est des « As » et surtout doués d'une intelligence rare, alors qu'en vérité, l'on n'est que : « *des petits enfants à la mamelle* ».

Et encore un mot pour compléter ma démonstration : au point de vue anatomique, nous sommes conformés de même façon que la bête ; et si, comme disait Salomon, l'homme à l'égal de la bête vit et meurt après avoir respiré de même, il n'en est pas moins vrai que nous possédons quelque chose qui nous rend (qu'on le veuille ou non) supérieurs à la bête : « *C'est l'intelligence qui crée le raisonnement* ».

Dès lors, puisque nous possédons cette supériorité, cette

belle richesse, ceci ne vous laisse-t-il pas pensif? Et si vous êtes intelligent comme vous me paraissez vouloir l'être, étudiez ce problème, il en vaut la peine. Réfléchissez-y profondément. Enfin! il ne faut pas confondre le « Mal », proprement dit, un produit de la « Nature créatrice » avec les « Maux » dont la boîte de Pandore nous a gratifiés, cet autre « Mal » *produit des hommes*. Ce dernier peut et pourrait être sinon détruit, considérablement amoindri. Et cela ne dépend que de nous, mais, de « Nous seuls ». Et, en ceci, Dieu ne saurait être mis en cause et tenu pour responsable.

A nous donc de le conjurer, soyons meilleurs, soyons raisonnables. Que l'homme ne soit plus un « Loup » mais qu'il reste « l'Homme ». Et pour que l'Homme reste l'Homme, que l'homme donc façonne des filets sous forme de lois « Justes », assez serrés, fins et solides pour y prendre le « Mal », l'étouffer et le détruire une fois pour toutes. Le « Mal », cette plaie virulente de l'Humanité qu'on ne trouve surtout *qu'en haut de l'Echelle sociale.*

Je vous conseille, très instamment, de consulter un ouvrage d'astronomie des plus récents. Jetez un long regard attentif, surtout sur les questions traitant des « Nébuleuses ». N'oubliez pas aussi de vous instruire sur les religions modernes et en particulier sur les antiques. Après cela, et méditez-y profondément, si vous n'êtes pas sinon convaincu (et le seriez-vous, vous n'oserez peut-être pas me l'avouer), j'ai la certitude que vous y aurez puisé avec le doute, une certaine sagesse.

Ensuite, j'espère que vous ne vous disputerez plus avec l'ami « Croyant » avec lequel, ainsi que moi, quand on vous questionnera : si Dieu existe ou pas...? vous répondrez : *« Mystère... je ne sais pas ».*

Et vous serez ainsi le plus près de la vérité.

Enfin ! et en vérité je vous le dis : Quiconque voudra ou « s'entêtera » à vouloir déchiffrer, mieux à pénétrer ce mystère troublant, tendant à démontrer que « *Dieu n'existe pas* » sombrera dans une idiote démence.

En tout cas qu'on le veuille ou non, il y a une Force invisible que l'homme pour si intelligent soit-il ne pourra vaincre.

L'Athée. — Et cette force-là... ?

Le Philosophe. — Eh bien ! C'est la *« Mort ».*

Eh oui ! J'ai bien dit « La Mort ». Cette Force invincible et invulnérable qui *« ne se laisse pas corrompre ».*

Et si un Nostradamus ou un Voronoff quelconque parvenait, un jour, à trouver l'Elixir de longue vie et de l'immortalité, eh bien ! ce jour-là notre pauvre planète devenant trop petite pour nous contenir à tous, le remède serait inopérant et « pire que le mal », car, « les hommes se dévoreraient entre eux ». Au surplus, n'oublions pas que nous sommes à la merci d'une comète quelconque qui, tel un monstre marin (souhaitons-en pour les générations à venir, l'éloignement le plus lointain), pourrait d'un coup de sa longue queue faire sombrer et engloutir dans l'océan immense de l'Infini et du Néant la misérable *galère* qui nous porte en nous berçant dans l'espace.

Et je conclus enfin sur cette méditation : *La Toute-Puissance de ce Grand Architecte ou « Pilote », inimitable « Dieu » ne se manifeste-t-elle pas là...? Peut-être...! »*

CONCLUSION

O vous! chrétiens sincères! chaque fois que vous verrez un « multi-millionnaire » pénétrer dans un temple quelconque dites-vous : « C'est un Pharisien ».

Fuyez-le donc comme un pestiféré, ainsi que le fit votre Seigneur et Maître Jésus-Christ en « les » chassant comme aux marchands du Temple à coups de verges.

N'oubliez pas (et vous avez pu le voir représenté au cinéma), que Jésus marchait pieds nus en Terre Sainte au Jardin des Oliviers, sur le lac de Tibériade, dans les rues de Jérusalem, etc.., qu'il ne possédait pas de fins coussins brodés sous ses pieds ni de Palais pour s'abriter, ni Trône, ni « Cour » somptueuse et chamarrée d'or et pierreries... qu'il n'eût qu'une couronne d'épines douloureuse et qu'Il n'avait pas même « une pierre où reposer sa tête ».

Dites-vous aussi que la totalité des « multi-millionnaires » sont des « oisifs », de « Grands voleurs » que la justice (au petit j...) tolère, ô sacrilège! car leurs fortunes scandaleuses n'ont pu être édifiées qu'en dépouillant impunément leurs semblables, soit : « en exploitant la sueur de celui qui travaille et produit; soit : en spéculant sur « Tout » dont la conséquence est la vie chère ».

Enfin! dites-vous que la majorité de ces « millionnaires » sont des nouveaux riches, donc des « Profiteurs de la Guerre », mieux : des « assassins », car leur fortune est assise sur les 1.700.000 cadavres de « Saints Innocents ».

....

Ainsi, amis lecteurs, voyez autour de vous : tel banquier qui ayant spolié de leurs maigres économies et réduits à la misère de pauvres gens, est absout « haut la main ».

Il est fou, dira la Justice (pardon! avec petit j...) et elle en établira la preuve en démontrant que « quiconque est sain de corps et d'esprit ne gaspille pas 300.000 fr. par an pour l'élevage... des poules ». Mais qui vole un pain pour apaiser sa faim, ou bien une misérable « brindille » pour réchauffer ses pauvres membres raidis par les rigueurs de nivôse... Ah! celui-là ne sera pas fou.

Je ne vous conseille pas d'en tenter l'expérience, si vous ne voulez pas faire connaissance, sans retard, avec les... menottes, ou encore si vous ne voulez pas courir le danger, peut-être...d'un... lynchage.

O Grand bandit !

Affreux scélérat !

Horrible criminel !

Et s'il est « Juste » que le vol soit toujours répréhensible, il n'en est pas moins vrai que c'est toujours le « petit » qui en fait les frais. C'est « Maître Aliboron qui tond le pré d'une largeur de sa langue ».

Voyez aussi tel « faux dévot » qui fréquente constamment l'église, se confesse et communie, et qui le lendemain recommencera à... pécher de plus belle ! N'en connaissez-vous pas de ceux-là... misérables d'avant-guerre, nouveaux riches par la spéculation, ou la fabrication d'engins à tuer leurs semblables et qui continuent à s'enrichir, à voler impunément. Ah ! comment un prêtre peut-il admettre et tolérer à la « Sainte Table » de pareils renégats !!!

Je veux bien convenir que le prêtre absolve une première fois son pénitent. Mais, peut-il absoudre un récidiviste ?

Après un examen de conscience très approfondi, en vérité je vous le dis :

Il ne le doit pas, sauf repentir sincère prouvé par une restitution intégrale du larcin, autrement dit, ainsi que le voulait Jésus : « Rendre à César ce qui est à César, et à Dieu ce qui est à Dieu ».

Et, ô faux dévots hypocrites ! Je vous rappelle encore qu'il est dit dans les commandements de Dieu :

« Le bien d'autrui tu ne prendras ni retiendras à ton escient ».

Mais hélas ! ces « faux dévots » sont riches. Aussi ils pensent qu'avec de l'or ils peuvent acheter des absolutions en gros et en détail comme dans une boutique ou un champ de foire, faisant ainsi du Temple, comme disait Jésus : « une véritable caverne de voleurs ».

L'on m'objectera :

Le prêtre missionnaire du Christ se doit de pardonner sans réserves.

Oui ! mais Jésus pardonna au « bon larron » et à Marie-Magdeleine ; et Marie-Magdeleine ne pécha plus, même avec Jésus, parce que : « Elle l'aimait ».

En vérité, je vous le dis :

Aucun apostolat ne pourrait exister de plus grand, de plus noble, de si beau, d'aussi enviable que « celui du prêtre », si ce dernier accomplissait dignement, saintement la mission éducatrice et... conductrice des âmes pour laquelle il a été créé par le Christ.

Le christianisme « pur » dont le mithraïsme (1) hellénique fut l'un des précurseurs, ne peut pas, ne doit pas être confondu avec le fanatisme dit « religieux » de certains catholiques qui savent ce qu'ils font, se servent ou voudraient se servir de la « Croix » signe sacré de la Rédemption humaine, pour dominer et asservir leurs semblables. Ceci s'appelle « cléricalisme » frère jumeau du « Jésuitisme » et de l'Impérialisme (2) que l'on pourrait nommer, à juste titre, la « Trinité du Mal », éternels ennemis de l'Humanité, du Christianisme de Jésus de Nazareth.

Et en vérité, je vous le dis encore :
O vous! adversaires irraisonnés ou « butés » du christianisme! le jour où le christianisme, non celui « déformé », mais le christianisme authentique de Jésus-Christ planerait sur notre planète dénaturée, eh bien ! ce jour-là, toute envie, tout égoïsme, toute méchanceté, toute « usure », toute cupidité, la spéculation, le vol, le crime peut-être! enfin, toutes les tares et tous les maux dont souffre l'Humanité, s'ils n'avaient pas totalement disparu, seraient considérablement amoindris.

Un grand pas aurait été fait vers la perfection. Ce serait dans toute sa beauté, dans toute sa splendeur : le « rayonnement éclatant de l'Humanité », mieux : *le Règne de Dieu.*

....

O Jésus ! O toi! qui fut l'ami inaltérable et désintéressé des humbles, des faibles, des opprimés et de l'esclave... ô toi ! l'ennemi et l'adversaire « incorruptible des Tyrans »,

---

(1) Julien, dit l'Apostat, abandonna et renonça au christianisme « déformé déjà » de son enfance pour se convertir au « Mithraïsme » qui lui parut répondre mieux et plus profondément à son idéal mystique et de bonté.

(2) Voici ce qu'en dit, dans sa conférence de Notre Dame de Paris, le R. P. Sanson, prêtre de l'oratoire, apôtre qui me paraît sincère, du Christianisme (brochure éditions Spes du 5 mars 1925) : « L'Impérialisme désigne « l'*appétit de domination* des individus et des peuples, soit dans l'ordre « politique, soit dans l'ordre intellectuel, soit même dans l'ordre *reli-* « *gieux*. L'Impérialisme aime généralement revêtir une couleur mystique. « Pour se justifier ou pour se consolider, il appelle volontiers à son aide « la *divinité*, dont il a pour mission, dit-il, de réaliser ses desseins ».

du « Mauvais Riche », des Trônes parés de pourpre, des idoles et du « Veau d'Or ! ». Je t'aime ! Je te porte dans mon cœur, je te défendrai contre tous ceux, éteignoirs ou recéleurs de consciences, jésuites de tunique longue ou de tunique courte, Pontifes, Pilates, Caïphes et Tartufes de toutes nuances qui « déforment » ta pensée et te trahissent.

Auguste DÉJEAN.

SUPPLÉMENT

POUR

CARACTÈRE LOCAL

FÊTES DE FOIX

O Fouich ! que ne soun bèros
Tas festos touchoun
Oui, touchoun prumèros
De tout lé miéchoun.

O beau Foix ! quelle est donc la si aimable fée
Qui veille sur ta fête, et l'a si bien coiffée ?
. . . .

Tout frémit de bonheur, la ville se réveille,
Tout est en branle-bas, contraste de la veille,
Où « Tout » était repos calme et tranquillité.
Aujourd'hui, ce n'est plus qu'une folle gaieté.

Tout est un véritable Océan de lumière.
La cité a bondi majestueuse et fière,
Car les braves *« Roumious » en coillo soun bénguts*
Et soun coumou touchoun dins Fouich pla recebuts.

Tout est bien pavoisé, d'un décor féerique,
Tableau riant de charme et volupté magique.
Bengales et pétards, oriflammes, ballons,
Enfin, bruissant au vent, des drapeaux aux balcons.

Les tambours et clairons des pompiers, la musique,
Le « Réveil », « l'Orphéon », toute la « sainte clique »
Tout est mobilisé, tout s'agite, tout rit.
C'est, dans toute la ville, un immense prurit.

Et rien n'est oublié, même le tourne-broche
Relégué dans un coin ; on le monte, on l'accroche
Après avoir eu soin d'en faire la toilette ,
Pour qu'il pavane mieux son gigot ou poulette.

Les vieux ont mis l'habit reluisant de vieillesse,
« L'ami du souvenir » au parfum de jeunesse.
Tandis que le tailleur, aux jeunes gens a taillé
Un vêtement de « Mode » et du mieux habillé.

De tous les boulevards, monuments et les places,
Trottoirs et magasins, de tout on sort les crasses.
Tout est bien astiqué, le bal brille... et reluit !
Qu'on croirait un Palais des *« Mille et une Nuits »*.

Les notes d'un orchestre endiablé papillonnent
Sur les fronts de nombreux couples qui tourbillonnent
D'une folle gaieté, tendrement enlacés,
Sur un tapis de fleurs de confetti « tassés ».

Plus loin les carrousels tournent en cavalcade,
Ils sont tous pris d'assaut par la foule en « tocade ».
Car tout ce qui « distrait » ignore la misère
Et quand c'est jour de fête, il n'est point de « vie chère ».

Cette heure fait toujours la trêve avec la faim,
On s'amuse aujourd'hui sans songer à demain.
Car tout le long de l'an est fait de privations.
Pour la fête...? En avant! Vivent les libations.

Jeunes gens, dansez fort. Profitez-en... Riez!
Car, peut-être! plus tard, vous le regretteriez.
Mais, amusez-vous bien, surtout, très gentiment,
Les plaisirs sont meilleurs s'ils sont pris sagement.

Le clasoment del bal ès del mès bel aspect,
Que siosqué païsans. oubriès, moundé sélèct.
Tout ès disciplinat, aïmablé, pla courrèct,
Minervo es achi qué beillo pé l'respèct.

Chacun dans son allée « encloses » de tribunes
Où sont rangés des bancs et chaises pour « mamans »,
Qu'ils soient jeunes ou vieux, chacun et sa chacune
Font « ailes de pigeon » ou quadrillent gaiement.

Et le clou, ah! le clou; parure symbolique!
Si ma plume ne sait l'écrire que ma voix
Le clame fort et haut, c'est le bal magnifique
Des enfants qu'on ne trouve ailleurs si bien qu'à Foix.

Ah! j'oubliais encore, un bijou de ces fêtes...
Il est unique et « seul » d'un hilarant effet,
Et ses fêtes sans « Lui » ne seraient pas parfaites
Si Foix était sevré du « quadrille à *buffer* ».

Et la foule circule emplissant tout Villote
Dans un vrombissement d'un essaim noir d'abeilles.
Mais la fête serait très triste et bien « pâlote »
Sans les « Tours de Phœbus » mondiales merveilles.

Et encore, et toujours que partout on le sache !
La cité de Gaston Phœbus fera merveille
Oui, Foix sera toujours à hauteur de sa tâche
Pour que sa fête reste « unique et sans pareille ».

La cité de Phœbus, filleule du Soleil
Se doit de faire honneur à son nom de baptême
Et « là-Haut » son parrain verrait mal qu'un « caleil »,
Eclaire la cité du « bel Gaston » qu'il aime.

Si les fêtes de Foix seront belles encor
C'est que leur bon parrain préside à ses lumières
Oui, le brave Phœbus depuis son trône d'or
Sait toujours inspirer l'union des commissaires.

Can souno aquel joun ya pos mès poulitico,
L'uniou se fa touchoun entré grans et petitz,
Ya pos que Fuxéens d'uno mêmo boutico,
Lés richés dounon gros, les paourés sous arditz.

Pour bouquet de la fête, aux Tours l'apothéose
Et le ciel de Phœbus lors se métamorphose
Du bistre à l'arc-en-ciel, du pourpre au plus beau rose
Puis « l'embrassement » suit... oh ! très sage ! à la pose,
Quoi donc de surprenant que je plaide ses « causes ».

Qué d'esclaïres et pêts de tounerro sus Fouïch
Que s'enténden mêmo délà le col del Bouïch.

Et la fête finit par une farandole
Autour de la cité dans une course folle.

Ensuite, chacun rentre au logis, tête basse
L'escarcelle légère et la mémoire lasse
Pour reprendre demain la tache de la « peine ».
Adieu ! Fête, au revoir !.., jusques à la prochaine.

Le monde est ainsi fait... Une heure de liesse
Fait toujours oublier une longue détresse
Et deux jours de bonheur et plaisirs bien complets
Brisent de nos soucis les chaînes et boulets.

Et qu'on le veuille ou non ! la pauvre Humanité,
Sera toujours ainsi toute l'éternité.
Enfin ! per acaba le cant d'aquéllos festos
On n'a pos qu'a studia quélo « misco miscauso »
Fourrugatz-bous l'esprit, bouludatz bostros tèstos
Remenatz pla les èls, et Toco-y-sé-gaousos !

Saint-Girons, Juillet 1925.

ARIÈJO

Aïré : ***Paichets agnels.***

Oh ! qu'aïmi pla respira le boun aïre
Tout perfumat de sapis, d'abajous
De l'Arièjo, nostro segoundo maïre
Aïmen-la pla, curbissen-la de flous
Nostris troupels dounon per nous curbi
Lano l'hibèr et las bitz de boun bi.

REFRÈN

Anèn, anèn, fills de nostro Arièjo,
Cantén en cor, cantén-né sas cansous.
Anén, anén, de nostro bell' Arièjo
Cantén touchoun, sas imménsos grandous.

Qu'aïmi tabés beïré tous bélis bosqués,
Lour ournoménl encanto nostris èls,
Cad'an l'hi«èr, les sapis et les câssés
Flouritz de nèou, blanquéjon les cimèls,
Can pico l' frét que nous fa arruca
Elis dounon légno per nous calfa.

Al Refrèn.

Les pouètos ne cânton la bellèso
De las mountagnos de Guillomo Tell.
Mès dins l'Arièjo abèn en aboudènso
Les camemberts, le talc, la douso mèl,
Et crida fort tabés ne soun pla fièr,
L'Arièjo fa « omès et de boun fèr ».

Al Refrèn

Qu'aïmi encà nostros bèlos campagnos
Que nous dounon mounjos finos et mill,
De boun blat, de truhos et castagnos.
De l'Arièjo soun fièr d'estré le fill.
Tabès n'aben de finis cambajous
Et surtout déliciousis pescaillous.

Al Refrèn.

Abèn peïros per agusa las daillos
Et les boulans de nostris païsans,
Abèn de tout dedins nostros mountagnos,
De tout fazèn perqu'èmpos de fégnans,
Las fénnos bargon et fiélon l'hiber
Pendènt qué s'homes trabaillon le fèr.

Al Refrèn.

Qu'aïmi surtout tas roubustos droulétos,
Lour négris èls et lour « sés » pla rédouns,
Lour pèl luzént, lour poulidos « bouquétos »,
De las gaïta tout embrazat né soun.
Lour gaoutos roujos semblon de boubous
Qué l'on bouldro las manja de poutous.

Al Refrèn.

Aben surtout unos grandos merbeillos
Que digus nou trobo pos en loc pus,
Es le « Roc de Fouïch » et las sans pareillos
Tours del grand immourtel « Gastoun Phœbus »,
Ah ! qu'un ourguill ! es pér jou d'aïma pla
L'Ariéjo ! et de touchoun la canta !

TABLE DES MATIÈRES

Avant-Propos . . . 5
A Jean des Gaules . . . 9
Vérité . . . 7
Hypocrisie . . . 11
Mon Maître . . . 13
Mon Ami . . . 15
L'Amour . . . 17
Petit enfant . . . 19
Mon aquarium . . . 21
La vie et ses saisons . . . 22
Ajob . . . 23
Le venin de la Paix . . . 25
Héros de guerre P. C. D. F. . . . 27
Retour des cloches . . . 29
Noël . . . 31
L'Avare . . . 33
Patriotes . . . 35
Lever de Soleil . . . 36
Le vieux Cantonnier . . . 38
Le Réveil de la Ferme . . . 41
Paysan de France . . . 43
Perfection . . . 47
La Guillotine . . . 49
L'Hiver . . . 51
Le vieux Trimard . . . 53
La voix de Dieu . . . 56
L'Etoile de Napoléon le Grand . . . 58
Discipline ou le Sergent « Cran » . . . 61
Les Profiteurs . . . 69
« ? » . . . 76
Justice . . . 76
Maximes et Pensées, en vers . . . 81
Dialogue . . . 93
Exorde . . . 95
Conclusion . . . 103
Supplément pour caractère local . . . 111

ERRATUM

Page 34, 6e ligne, « le vol », *lire : le dol.*

Page 36, 27e ligne, « son » souffle, *lire : ton.*

Page 68, 2e ligne, Puis, faisant « un » demi-tour, *lire : puis faisant demi-tour.*

Page 117, 3e strophe, 3e vers. — « Cadan l'hiuer ». Lire : *Cadan l'hiber.*

OUVRAGES DU MÊME AUTEUR

« Les Indésirables »,
Pièce dramatique en vers,
en 6 actes, 10 tableaux et une apothéose.
(Déjà paru).

« JEAN-JOSEPH »,
Grand roman dramatique et social en 2 volumes.
Tome I. — *La Faute.* — Tome II. — *Réhabilitation.*
(En préparation).

www.ingramcontent.com/pod-product-compliance
Lightning Source LLC
LaVergne TN
LVHW012020220826
846092LV00001B/429

9782329774626